目次

カバー彫刻　大森暁生
作品名「Eagle's hearts (Type-A)」
撮影　遠藤 桂（協力　ristorante misola)
装丁　高柳雅人

巨鳥の影

1

行く手にガソリンスタンドの看板が見えた。燃料計のメーターがだいぶエンプティの方に近づいていたところだから、ちょうどよかった。

「こいつに飯を食わせてやりましょう」

ぼくは車のハンドルを軽く叩《たた》いた。

「そうしてくれ。おれは反対に出すものを出してくる」

助手席の桐村《きりむら》がよこした返事に頷《うなず》きながら、ハンドルを左に切り、黒のインプレッサをスタンドの敷地に入れた。

ここはセルフ方式ではないようだ。ぼくはサイドウインドウを下ろしながら身を屈《かが》めた。そうして座席下部にある給油口レバーを探っていると、建物の中から、すぐに店のスタッフが出てきた。

車を降りて建物の方へ歩いていった桐村は、そのスタッフとすれ違いざま、彼に向かって軽く手を挙げながら言った。

「よう、トイレ借りるからな」

「どうぞどうぞ」

その声が「ドゾドゾ」といったアクセントだったので、妙に思ってスタッフの方に改めて顔を向けてみた。
二十五、六歳と見える若い男だが、日本人ではなく、欧米人の顔をしていた。車に近寄ってきたそのスタッフに、ぼくはできるだけゆっくりと告げた。
「レギュラーで、満タン」

その後ろに、「OK?」と付け足してみたのは、日本語が通じるかどうか不安だったからだ。

「OKです」

赤いキャップを被ったその外国人スタッフは、にやりと歯を見せ、指で輪を作った。そうしながら、もう一方の手で、室内を拭くためのタオルを渡してくる。

「これ、使ってください」

やはり外国語訛《なま》りの強い日本語だった。

「ありがと」

タオルを受け取りながら、ぼくは上着の内ポケットから携帯を取り出した。和佳《わか》の番号を呼び出す。

現在の時刻は午前十一時を少し過ぎたところだ。彼女は今日、午後からの出勤だから、まだ家にいるはずだった。

「佑《ゆう》だけど。昨日はごめん」

ドアミラーを使い、外国人スタッフの行なう給油作業の様子を観察しながら、デートの約束を果たせなかったことをまず詫《わ》びる。

《気にしないで。すっぽかされるのはもう慣れっこだから》

和佳のハスキーな声に鳥の鳴き声が混じった。職業としてペットショップの店員を選ぶほどの動物好きである彼女だが、自宅で飼っているのは雄の白いカナリア一羽だけだ。

続いてピィッ、と別の音がして、カナリアの鳴き声がやんだ。

「いまのは和佳が出した音?」

《そう》

口笛というのか指笛というのか知らないが、口に指を入れて音を出す、という特技を和佳は持っている。聞くところによると、動物の注意を惹くのに便利らしく、彼女の勤めるペットショップでは、ほとんどの店員が指と口で見事な音を出せるらしい。

建物の方へ目を転じれば、大きなガラス窓を通して、用を足し終えた桐村がトイレから出てきたところだった。

《ところで佑くん、彼女に電話なんかしていていいの？　いまは仕事中でしょ》

「そう。T町に来ている。じゃあ、もう切るね」

桐村は出入口のドアを押し開こうとし、だが、まだ給油作業が終わらないと見るや、出入口のそばに立ったままセブンスターの箱を取り出した。左手の指に煙草を持ち、右手はズボンのポケットに突っ込む。

ほどなくして、いま上着にしまったばかりの携帯が震え始めた。

桐村からのメールだった。彼の特技は、携帯の端末をポケットの中に入れたまま、手探りでボタンを押してメールを作成、送信することだ。

――相手に警戒されるから、刑事は人前でメモを取るな。

そう何度も彼に注意されていたから、ぼくも折に触れてポケット内での操作を練習していた。

だが、まだまだうまくできないでいる。

《彼女に電話か。付き合いは順調なんだろうな》

誤字も脱字もないその一文を確認し、桐村の方を向いて頭を掻《か》いていると、外国人スタッフがタオルを回収しにきた。

せっかくだから、このGSで情報を収集していくのがいいだろう。そう思って、ぼくは彼にタオルを返しながら「ちょっと失礼だけど」と声をかけた。

相手は、こちらの視線に合わせ、わずかに腰を折った。そうしてから、サイドウインドウを下ろしたままの窓枠に少々無遠慮な調子で両手をかけたところが、いかにも外国人らしい仕草に思えた。

「きみは、日本語がだいぶ分かる方なの?」

彼は短く首を横に振り、親指と人差し指を使って、まあ少しぐらいは、のサインを作った。

「そう。——どこの国から来たのかな」

「スペインです」

ちょっとした奇遇だった。和佳との新婚旅行は南欧がいいなと思っていたところだ。

スペイン人の店員はキャップを被り直した。その動きのせいで、夏用スタッフジャンパーから覗いた胸元に、黒い渦巻のような模様がちらりと見えた。タトゥーを入れているらしい。

「どんなビザで入国した?」

どうしてそんなことを訊《き》くんです? 相手の目に不審の色が浮かんだので、ぼくは少し慌てながら上着のポケットに手を入れた。

「失礼。まずはこっちのネームカードを渡しておこうか」

名刺入れから一枚抜き取り、差し出した。

「……なるほど。警察の人なんですね、タドコロさんは」

名刺にはPOLICEと英語で表記してあるし、田所佑《たどころ》という名前の上にもローマ字が併記されている。

「ああ。よかったら、きみの名前も教えてもらえるかな」

見たところ、スペイン人の着ているスタッフジャンパーにネームプレートはついていない。

「おれはハビエルです。――ビザについてお訊《たず》ねでしたね。ワーキング・ホリデーってやつで発行されたのを持っています」

「そう言えば、最近、日本とスペインが協定を結んだらしいね」

ワーキング・ホリデー制度を利用してビザを取得すれば、日本国内を旅しながら、アルバイトをして滞在費用を稼ぐことができる。ここT町は外国人がよく集まってくることで有名な場所だ。事前の調査によれば、このあたりで一時的に職を得ている外国人の若い連中は、たいていこの制度を利用して入国しているようだった。

「ハビエルさん、きみは日本に来てから、どれぐらいになる?」

「四か月ぐらいですかね」

ワーキング・ホリデー制度では一年間の滞在が認められている。ハビエルの口調がどこかのんびりしているのは、期間をまだ半分以上残しているという余裕のせいか。

「訊きたいことは、以上ですか」

「いや、ここからが本題だ。実はいま、人を捜していてね」

「誰をです？」

「名前はエルナンド・アロンソ。二十歳ぐらいの青年だよ」

「エルナンドですか。缶詰工場でアルバイトしているやつですよね。彼ならおれの友人ですよ」

「それは好都合だ。エルナンドがいまどこにいるか、知っていたら教えてほしい」

「ここからもうちょっと東に行くと、缶詰工場のグラウンドがあるんです。そこでサッカーでもしているんじゃないかな。今日は土曜日で工場が休みですから」

「分かった。ありがとう」

「警察の人が捜しているってことは、あいつ、何か悪さでもしたんですか。おれにとっちゃあ、大事な同胞なんですが」

「申し訳ないが、それは言えないな」

支払いを済ませると、桐村が戻ってきたので、ぼくは車をスタートさせた。

ガソリンスタンドから県道へインプレッサを戻し、前に顔を向けたまま訊いてみる。

「桐村さんは、もしかして、あの外国人の店員とは顔見知りなんですか」

——よう、トイレ借りるからな。

総じて物腰ががさつな桐村だが、さっき彼が若いスペイン人に対してとった態度は特に遠慮がなく、初対面のものとは思えなかった。第一、建物から出てきたスタッフが外国人だったというのに、驚いたり興味を惹かれたりといった様子を、彼は微塵《みじん》も見せはしなかった。

「まあな」

桐村は、まだ手にしていた煙草をダッシュボードの灰皿に押し付けた。

「このあたりには前にも捜査で来たことがあって、あのスタンドでは、何度か給油してんだよ」

「じゃあ、もしかしてエルナンドとも知り合いですか」

質問を重ねながら、ぼくは、下ろしたままにしていたサイドウィンドウから首を出し、空を見上げた。

「いや、そっちの方とは会ったことがない——。おいおい、よそ見をしたけりゃ、ブレーキを踏んでからにしてくれないか」

急いで顔を戻し、「すみません」と前を向いたまま謝る。

「どうした。そんなに天気が心配か。傘ならトランクの中に入っているぞ」

「いいえ、気になったのは天気じゃなくて、音です」

「なに？」

「いま、空の方で妙な音がしたんです」

――ピュイー、ププピュイー。ピポポピュイー。

無理やり文字にすれば、こんな感じになるか。

「言われてみりゃあ、たしかに」桐村も助手席の窓を下ろし、ちらりと上空へ顔を向けた。

「妙な鳴き声が聞こえたな」

桐村は「鳴き声」と表現する。ならば、やはり――。

「あれは鳥の声なんでしょうか」

「だろうよ。こうして車に乗っていても聞こえたってことは、けっこうなでかさじゃないのか」

「どんな巨鳥でしょうね。すごく気になります」

「田所、おまえ、そんなに鳥好きだったか？　――ああ、ペットショップで働いている彼女の影響ってわけだな」

「はい。カナリアを飼っているので、こっちまで小鳥に興味を持っちゃいまして」

ぼくはハンドルを握ったまま体を前に倒した。そしてフロントガラスから上空に改めて視線をやってみたが、やはり巨鳥と思《おぼ》しき影は見当たらなかった。

「彼女に訊いてみれば、どんな鳥なのか分かるんじゃないのか。——ところでおまえたちは結婚するんだよな。いつだっけ」

「式は半年後です」

ただし新婚旅行に出発するのは、挙式からさらに半年後の予定だ。つまり一年先だが、休みの申請は、いまのうちから出しておくつもりでいた。

「おれも呼んでくれよな」

桐村は、こちらの肩をどんと叩いてきた。

「もちろんです」

そうは答えたものの、いわゆる無頼派を絵に描いたようなこの桐村という先輩刑事は、ぼくにとって、正直なところ苦手なタイプといえた。

彼の趣味が賭けごとであることは、署内で知らない者がいない。ときどき競馬でけっこうな額の借金を作っているというのも有名な話だ。署長や課長から生活態度を何度か注意されているが、ギャンブル癖が改まったという噂はまだ聞かない。最近も百万単位の負けをし、怪しげな筋から借金したらしいが、取り立て屋から追い込まれている様子もなさそうだから、どうにかして清算はしたのだろう。

ガソリンスタンドを出てから一キロほども走っただろうか。道沿いに、金網フェンスで囲まれた運動場のような場所が見えてきた。あれがハビエルの言っていた、缶詰工場のグラウンドだろう。

路肩に車を停《と》め、ぼくたちは降りた。

グラウンドには、東西の両端に、サッカーのゴールポストが置いてあり、何人かの若い男たちがボールを追って走り回っていた。見たところ、日本人と外国人の割合は半分半分といったところか。これでは、誰がエルナンドなのか分からない。

グラウンドの周囲に設けられたベンチでは、これも外国人の男たちが何人か固まって、サッカーを見物していた。

酒の瓶らしきものを持ち、それを、自分の国での法律がそうなっているための癖なのか、紙袋で隠している者もいる。

ぼくは口の両端に手を当て、即席の拡声器を作った。そして、

——セニョール・アロンソっ。

そう声を出そうとした。ところが口を開く前に、若い男が一人、サッカーをやめて、ぼくた

ちの方へ歩いてきた。

Tシャツに短パンという姿だった。短く刈りこんだ頭髪に、このラフないでたちはよく似合っている。

ぼくは上着のポケットから写真を取り出した。近づいてくる男と写真とを見比べてみる。浅黒い肌。ゆるくウェーブした髪。線の細い顎《あご》。エルナンド・アロンソに間違いない。

「こんにちは、はじめまして」

エルナンドの方からそう挨拶してくると、桐村が「ここはまかせろ」というように、ぼくの肩を軽く叩いてから前に出た。

「きみは日本語が上手だね」

たしかに、さっき会ったハビエルと比べれば、エルナンドの方が達者なようだ。

「ありがとうございます」エルナンドはぺこりと頭を下げた。「どうしても日本に来てみたくて、必死に勉強しました。――あなた方は警察の人ですね」

「そうだ。どうして分かった？」

「いましがた、ハビエルさんから連絡がありました。『警察の人が捜しているから居場所を教えた』って」

「そうか。彼にはさっき会ってきたよ。ちなみに、君はハビエルとはどんな関係かな。彼はきみを『大事な同胞』と言っていたが」

「彼にはいつもよくしてもらっています。故郷が一緒なんですよ」

「ほう。スペインの何地方だい」

「地方ではなく、島なんです。カナリア諸島にある、ラ・ゴメラっていうところです」

エルナンドは、虫刺されの跡が目立つ腕で、宙にぐるりと丸い形を描いてみせた。たぶんそれが、ラ・ゴメラという島の形状なのだろう。

「なるほど。しかし、きみはハビエルとはちょっと雰囲気が違うね」

「ハビエルさんのお祖父《じい》さんは、大陸からやって来た人です。でも、ぼくの先祖はグアンチェ族っていう、あの島の先住民ですから」

桐村の横でぼくは大きく頷いてみせた。ラ・ゴメラ島にしてもグアンチェ族にしても、いままで一度も耳にしたことのない名称だった。だが、無理をしてでも参考人とは話を合わせるという刑事の習性から、ああ、あそこか、という素振りが自然に出てしまったのだ。

「それで、ぼくに何か用事でしょうか」

「ちょいと訊きたいことがあってね。――先日、この缶詰工場で事件があったことは知っているかい?」

ここでエルナンドの喉仏がごろりと動いた。

「知っています」

「工場の事務所が荒らされ、現金が盗まれている。約三百万円だ。ヨーロッパの通貨に換算するとだいたい二万三千ユーロってところかな。そこで、我々がこうして工場に勤務している人から事情を聴いて回っているんだよ。きみも何か情報を持っていないかと思ってね」

「ぼくを疑っている、というわけですか」

いまの質問には答えず、桐村はズボンのポケットに両手を突っ込んだ。

「今日は仕事があるのか」

いままではやや余所《よそ》行《ゆ》きといった話しぶりをしていた桐村だが、ここでがらりと口調を無頼派刑事のそれに戻した。

「……ありません」

「これから何か用事は？」

「特には。パチンコにでも行こうと思っていました」

「明日じゃあ駄目かい」

目を伏せたエルナンドに一歩近寄り、桐村は相手の細い肩に、どんと音がするぐらいの勢いで手を置いた。

「もうちょっと突っ込んで話をしたい。ここじゃあなんだから、できれば警察署の方まできてほしいんだがね」

2

ぼくは雑巾と箒《ほうき》を持って、いまから使う取調室に入った。

机を拭き、床を掃《は》いたあと、窓際に歩み寄る。

K署の二階。刑事課フロアに並んだ三つある部屋の真ん中。この取調室は好きだった。窓のすぐ外に大きな樫《かし》の木があり、そこによくいろんな小鳥が来て、耳に心地よい囀《さえず》りを聞かせてくれるからだ。

「掃除は終わったか?」

桐村が部屋に入って来たので、窓を閉めてエアコンのスイッチを入れようとした。ところが、

「おいおい、エネルギーを節約しろって」

そう言われ、ぼくはリモコンを置いた。そして再び窓を開けながら、振り返って桐村に言った。

「本当にエルナンドが犯人なんでしょうか」

「どういう意味だ」

「あれから、いろいろ独自に事件について調べてみました。それを踏まえて、わたしの考えを正直に言わせてもらいます。――缶詰工場の事務室に侵入して金を奪った犯人は、エルナンドではなく別にいるんじゃないかと思うんです」

こちらの言葉に、桐村は不快そうに眉根を寄せた。「あいつじゃなきゃあ、真犯人は誰なんだ」

「あくまでも勘なんですが、ハビエルだと思います」

捜査の結果、エルナンドの関係者のうち、犯行のあった時間帯にはっきりしたアリバイがないのは、エルナンド自身を除けば、ガソリンスタンドでバイトをしているタトゥーを入れたスペイン人しかいなかった。

「わたしにはどうしても、エルナンドが悪党には見えないんです。彼には事務所荒らしなんて、とてもできそうにありません」

だがハビエルは違う。一回しか会っていないが、あの男には、何かやらかしそうな雰囲気があった。

「エルナンドにやれたのはせいぜい、缶詰工場の社長から金のありかを聞き出したことぐらいでしょう。それだって、ハビエルに無理強いされて、しかたなくやったことのように思えてならないんです」

エルナンド逮捕の決め手となったのは、犯行現場となった事務所内に落ちていた、彼の指紋が付着したドライバーだった。だが、その物証一つでエルナンドを真犯人と決めつけるのは早計だ。ハビエルが事前にドライバーの柄を一度エルナンドに握らせてから、犯行の際にわざとそれを現場に残してきたということも十分に考えられる。

捜査の過程で判明したことはもう一点あった。彼らの故郷であるラ・ゴメラ島では、ハビエルが地主の、エルナンドが小作人の倅《せがれ》なのだ。エルナンドがどこかハビエルに対して遠慮がちだった背景には、そうした地位的な格差が影響しているのではないか。

ハビエルが真犯人で、その罪をエルナンドに着せた――ぼくがそう考えた最も大きな理由もここにある。

小作人なら、生活がそれほど豊かだとは思えない。罪を背負って服役してくれたら、島にいる親の面倒はみてやろう。ハビエルはエルナンドに、そんなふうに持ち掛けたのかもしれない。

「おいおい、いまさらそんなことを言ってもしょうがないだろう。こっちはもうエルナンドをパクっちまったんだから。誤認逮捕なんてことになったら、えらい騒ぎになるぞ。おまえも責任者の一人だ」

ぼくは口をつぐんだ。だとしても無実の者に罪は着せられません――その一言が、残念ながら、すんなりとは出てこなかった。

「なあに、エルナンドの取り調べをしてみりゃあ、すべてはっきりする。やっこさんが、こっちの質問にちゃんと答えられるようだったら、真犯人とみて間違いないわけだろ?」

自分の身代わりにするつもりなら、ハビエルはエルナンドに犯行の様子を詳細に教え込んでいるに違いない。

とはいえ、刑事から矢継ぎ早に質問を重ねられれば、どうしたってボロは出るものだ。返答に詰まったエルナンドが額に脂汗を浮かべる場面は、何度か訪れることだろう。台詞《せりふ》を忘れた舞台俳優にプロンプターがそばで台本を囁《ささや》いてやる。そのような仕掛けでもあれば別だが、たった一人で受ける孤独な取り調べという場では、もちろん誰かに助け舟を出してもらうことなどかなわない。

そう、たしかに桐村が言うとおり、とにかく取り調べをしてみれば、身代わりかどうかははっきりするのだ。

「分かりました」と頷いてから、ぼくは部屋の出入口に向かった。「じゃあ、エルナンドを呼んできます」

階段を上って署の四階にある留置場へ足を運んだ。

エルナンドは、留置場の居室で何をするでもなく、ぼうっとした表情で視線を宙にさまよわせていた。

留置管理課の係員に、彼を出してくれと頼んだ。係員は、扉の外から「十一番、調べだ」と声をかけた。だがエルナンドは気づかない。

「ナンバー・イレブン、調べっ」

言い直すと、若いスペイン人は、はっとした様子で顔を上げた。

手錠は要らないだろうと判断し、腰縄だけでエルナンドを二階の取調室まで連行したところ、室内には桐村のほかにもう一人、四十歳ぐらいの男性が待っていた。県警本部からやってきた通訳捜査官だ。

エルナンドを室内に入れてから、ドアにストッパーをかませた。取り調べの際は、部屋のドアを開けておくというのが最近のルールだ。そうしてから、被疑者の姿が廊下から丸見えにならないよう、出入口の前にパーティションを設置する。

エルナンドの腰縄を外し、部屋の奥、机の前に置かれたパイプ椅子に座らせると、その向かい側に桐村が、二人の中間に通訳が、それぞれ腰を下ろした。

ぼくはと言えば、出入口の方に戻り、そこに置かれているもう一つの机についた。

「やあ、エルナンドさん」桐村は煙草に火をつけた。「気分は悪くないかね？　体調はどうだい」

スペインの青年は、通訳の言葉を聞いてから、「まあまあです」と答えた。

「今朝は国選弁護人が来てくれたらしいな。どんな話をしたんだい」

「身に覚えのないことは全部否定しなさい、と教えられました」

「きみがいま住んでいるT町だが、あの地域にはスペイン人の知り合いが多いのかね」

「はい」

「ラ・ゴメラといったかな。同じ島の出身者も何人かいる？」

「いいえ。ハビエルさんだけです」

そんなやりとりのあと、桐村は煙草をアルマイトの灰皿にぐりぐりと押し付け、雑談はここまでだ、と無言で宣言した。

「さてと、エルナンドさん。あんたには黙秘権がある。答えたくない質問には無理に答えなくてもいいし、言いたくないことは言わなくてもいい」

「分かりました」

「まず、改めて質問するが、缶詰工場から金を盗んだのは、あんたかね」

「はい。そうです」

「犯行に手を染めたのは、何月何日の何時ごろだい」

「六月六日の夜中です。午後十一時ごろでした」

「現場までの交通手段は？」

「歩いていきました」

アルバイターの住む寮から、缶詰工場の事務所までは、ほんの百メートルぐらいだ。

「盗みに入った動機は何かな」

「生活していくためのお金が、なくなったからです」

「どうして」

「最近、競馬をやって、大きく外しました」

「競馬か」

おれと気が合いそうだな。そう小声で付け足してから、桐村は机に両肘《りょうひじ》をついた。

「自分が世話になっている工場を狙ったのは、どうして」

「それほど恩を感じているわけでもありませんでしたので。どうせ短期のアルバイトですから」

「どうやって侵入した。手口を教えてもらえるか」

「窓ガラスを割ってです」

「何で割った？」

「ドライバーを使いました。マイナス形の」

「そのマイナスドライバーが事務所の床に落ちていた。そこからきみの指紋が検出されたから、こうして逮捕されたわけだ」

「そうですね」

「自分が犯人であることを示す重大な証拠を、うっかり現場に残してきたことに、まったく気づかなかったのはなぜだ？」

「……とにかく早くお金を手にしたくて、夢中になっていたからだと思います」

「手袋は嵌《は》めていなかったのかね」

「軍手をしていましたが、ガラスを割るときだけは、ドライバーの柄《え》が滑ってやりづらかったので、外してしまいました」

「侵入してからどうしたね」

　エルナンドは口を開いた。だが言葉が出てこなかった。落ち着きのない素振りで俯《うつむ》いたまま黙りこくる。

　桐村は椅子から立ち上がると、ズボンのポケットに両手を突っ込み、やや苛《いら》ついた様子で室内を歩き回り始めた。

「履いていたシューズに」エルナンドはようやく口を開いた。「手近にあったタオルを巻き付けました」

「ほう。どうして」

「足跡を残さないためです」

「なるほど。――で、共犯者はいたのかな」

「いません」

「この事件については、誰とも連絡を取っていない？」

「はい」

「携帯電話は持っているかね」

「持っていません」

「三百万の金は、事務所内のどこで見つけたんだね」

ここでエルナンドはまた言い淀んだ。

「焦らなくてもいいぞ」先ほどから歩き回っていた桐村は、足を止め、ポケットに両手を突っ込んだままの姿勢で、若いスペイン人容疑者の方へ向かってわずかに腰を折った。「お茶でも飲むかい」

「いいえ。喉は渇いていません。……お金は、事務所の棚に置いてあった工具箱の中で見つけました」

「ほう。金庫の中じゃなくて？」

「金庫ではありません。工具箱の中です」

「金のありかを知っていたのはなぜ？　どうやって知った」

「少しずつ、社長から聞き出していきました」

「もっと詳しく教えてほしいね」

『『まさか、カーペットの下に入れたりしてませんよね』、『まさか本のページに挟んだりはしてないでしょうね』。そんなふうに雑談を装い、何回かにわたって社長と話をしました。すると、あるとき社長がぽろりともらしたんです。『金庫の中と見せかけて、実は工具箱の中に入れてあるから安心だ』って」

「ほう。段階的にさそい水を撒《ま》いていったわけだな。なかなかうまい方法を知っているじゃないか」

「故郷にいたとき、そんな手口を使う泥棒の話を聞いたことがあったので、試してみたんです」

「なるほどね。――さて、次の質問は特に大事だから、ちゃんと答えてほしい。盗んだ金はどこに隠してある？」

「忘れました」

「言わないと刑期が長くなるかもしれない。言った方がきみのためだ」

「それでもいいです。忘れたんですから、しかたありません」

桐村は粘り強く金の隠し場所について質問を重ねたが、エルナンドの答えは「忘れました」の一点張りだった。

疲れた様子で再び椅子に腰を下ろした桐村に、ぼくは耳打ちをするようにして訊いてみた。

「わたしからも質問させてもらってもいいでしょうか」

桐村は面倒くさそうに片手をぶらぶら振ることで、「やってみろ」の意を伝えてきた。

ぼくは桐村の横に立ったまま、顔をエルナンドの方へ向けた。

「もう一度訊きたいことがある。携帯電話についてだ」

携帯を調べれば交友関係が分かる。共犯者が——おそらくはエルナンドを自分の身代わりに仕立てた主犯格が、本当にいるかどうかを確かめるには、どうしても調べておきたい。

「きみはそれを所持しているね」

「さっきも言いましたが、持っていません」

「嘘は困るね。誰かから借りたか、あるいは何らかの方法で手に入れているはずだ」

「いいえ、本当に持っていません」

たしかに、エルナンドが携帯電話会社と契約を結んだという記録は存在していない。だが——。

「そんなはずはないんだよ。先日、我々ときみが初めて会ったときのことを思い出してもらおう。きみは我々が警察官だと最初から知っていた。たしか『ハビエルから連絡があった』と言っていたね。それはつまり、サッカーに興じていたきみのところに、ガソリンスタンドにいたハビエルから電話がかかってきた、ということじゃないのか」

ハビエルの方は携帯電話を所持していることが分かっている。

「これはどう説明するつもりだ」

「……あのときグラウンド脇のベンチに見物人がいたでしょう。何人か」

「酒を飲んでいた連中かい」

「ええ。ハビエルからの電話は、彼らの一人にかかってきたんです。その人から教えてもらったんです」

苦しい言い訳だと思った。

「そうか」

まあいい。必ず見つけ出してやる。その端末を解析すれば、今回の事件に関してハビエルと打ち合わせをした記録が、きっと見つかるはずだ……。

取り調べを終え、エルナンドは、留置管理課の係員に連れられて、部屋から出て行った。

その背中を見送ったあと、ぼくは窓際に近づいた。上半身を外に出して、ぐるりと空を見上げるようにしていたところ、背後から「どうした」と桐村に声をかけられた。

「鳥がいないかな、と思いまして」

「またか」

取り調べの最中、何度か、以前T町でも耳にした「巨鳥の声」が聞こえたような気がしたからだ。

だが、やはり窓の外に、それらしきものの影を認めることはできなかった。

「そんなことより、これでもやつが身代わりだと思うか」

「いいえ」ぼくは自分の靴に視線を落とした。「実行犯であることは確かだと思いました」

いまの取り調べで桐村が放った質問に、エルナンドは、すべて間違うことなく答え切ったのだから。

自分の勘が外れたことは悔しいが、誤認逮捕ではなかったことを考えれば幸いだ。そう思い直して顔を上げたときには、もう桐村は部屋からいなくなっていた。

3

朝早くから島内の方々を駆け足で観光してきたせいで、軽い疲れを感じていた。

ぼくはリュックを開け、ハッカ飴を探った。だが、ごちゃごちゃになった荷物の中からやっと見つけたそれは、融けてベトベトになっていて、包み紙からうまく取り出せそうになかった。

この様子を隣の席で見ていた和佳が、うんざりしたように顔をしかめてみせる。

そんなことをしているうちに、観光バスは山頂付近にある休憩所で停止した。

外に出た途端、もわっとした熱気に包まれた。亜熱帯の島だから、屋根のある場所からない場所に移動するたびに、サウナに入ったような錯覚を感じてしまう。

——カナリア諸島にも行ってみようよ。そのラ・ゴメラっていう島にも。

そう言い出したのは和佳の方だった。

いよいよ新婚旅行の行程を固めるぞ、という段になって、急に思い出したのだ。そういえば、去年の夏に窃盗罪で若いスペイン人を逮捕したことがあったな、と。

名前はたしかエルナンドといったはずだ。彼が、ラ・ゴメラなる島の出身だったことも、はっきりと覚えていた。

その話を和佳にしてみたところ、カナリアの飼い主でもある彼女は、その鳥の語源になっている地域にもぜひ足を延ばしてみたい、と考えたようだった。

休憩場所からは、山の斜面に作られた段々畑が見下ろせた。

いま、ここから五十メートルほど離れた場所に、おそらく地元の農家だろう、人影が一つだけ動いている。体つきからして、年配の女性のようだ。野良着姿で、面積の広い葉の手入れをしている。

「あの畑で何を作っているのかな」

和佳に訊いてみたが、彼女は「さあ」と首を捻《ひね》るだけだった。

観光バスの出発時間まで、まだ余裕があったので、ぼくは和佳の手を引いて、細い道を下っていった。

「ブエナス・タルデス（こんにちは）」

声をかけると、麦藁《むぎわら》帽子を被ったその女性は、作業の手を止め、曲げていた腰を伸ばした。

ぼくたちを珍しそうな目で見ている。

雰囲気からして、グアンチェ族の人だろう。

浅黒い肌の青年、エルナンドの顔が、また脳裏に浮かんだ。盗んだ金額が大きかったために執行猶予はつかず、いまはまだどこかの刑務所に収監されているに違いない。結局、彼の携帯電話は見つからず、共犯者の存在も不明のままで、一人で投獄された。

もう一人の男――当初ぼくが真犯人と睨《にら》んだハビエルは、いまごろどこで何をしているのか。

この身には知る術《すべ》がなかった。

「何を栽培しているんです？」

「煙草の葉さ」女性の声はだいぶ嗄《しわが》れていた。「これでやっと食べていけるぐらいでね」

出発の直前まで忙しくて、ラ・ゴメラという島については、ろくに事前勉強をする暇がなかった。ただ、この島には観光以外に目ぼしい産業がないらしいことは、来てみてすぐに分かった。現地案内人を兼ねた観光バスの運転手は、このあたりに住んでいる人の家には電話もない、と言っていた。

「ところであんた方、今晩の食事はどこで食べるつもりだい」

今日は、この島で一泊する予定になっているが、夕食は宿泊プランに入っていなかったはずだ。

「町のレストランに行くつもりですが、もし、どこかおすすめの店をご存じでしたら、教えていただけませんか」

すると女性は、よくぞ訊いてくれた、という顔で、野良着のポケットに皺《しわ》だらけの手を突っ込んだ。彼女がそこから取り出したのは、これもくしゃくしゃに折れ目のついた青い紙きれだった。

「倅《せがれ》が、観光客向けのスペイン料理店を経営していてね。もしよかったら、そこでどうだい？　これを出せば安くなるからさ」

彼女がわたしてよこした青い紙きれは、その料理店の割引券らしかった。『ＡＬＭＡ』——用紙の最上部に印刷してある最も目立つこの文字が、店の名前なのだろう。スペイン語で「アルマ」は、たしか「魂」や「心」という意味だ。

「息子は日本語が少しできるから、注文するのも楽だよ。——あんたたち、新婚旅行かね」

「そのとおりです」

「デパーチャー・タイム！　デパーチャー・タイム！」

観光バスの運転手が、スペイン訛りのやたらときつい英語を使って、大声を張り上げている。出発の時間になったようだ。ぼくたちは女性に別れを告げ、バスの待つ休憩所の方へ戻った。

山間部の観光を終え、再び市街地を目指して山道を下っている途中、居眠りをしかけていたぼくは、意識が遠のく直前に、はっとして目を大きく開いた。

鳥の鳴き声がしたからだ。あの巨鳥の鳴き声が。

小さな双眼鏡を携帯していたので、急いでそれを目に押し当てた。

車窓からあちこちにレンズを向けてみる。だが、やはり鳥の影を見つけることはできなかった。

ホテルに戻ると、和佳がスペイン語の日常会話辞典を開きながら、『ＡＬＭＡ』に予約の電話を入れてくれた。使ったのはホテルの電話ではなく、自分のスマホだった。夫婦二人とも、普段日本で使っている端末を、海外でも使用可能にして、この旅行に持参していた。

それから二人で一緒に一時間ばかり仮眠をとり、夕食の時間になってから町に出た。幸い、

『ALMA』はホテルから歩いて行ける距離にあった。

店は落ち着いた構えだった。入ってみると、床が黒光りするほど念入りに磨き上げられていた。まだ早い時間だから、他に客はいなかった。

ぼくは料理にはとんと疎《うと》いので、注文は和佳にまかせた。

出てきたのは、大きくて平べったい鉄鍋に入った料理だった。トマトや玉葱、魚介類と一緒に米を炒めたものらしい。和佳に教えられた「パエリア」という言葉には聞き覚えがあった。

「見て、これっ」

和佳がパエリアの表面を指さし、嬌声を上げた。

驚いたことに、そこには、細かく刻んだパプリカを使って「けっこんおめでとう」と日本語の平仮名で文字が作ってあった。

「なんだよ、照れるな。わざわざこんなことまで教えなくてもいいのに」

ぼくが和佳にそう言うと、彼女は怪訝《けげん》そうな顔をした。

「さっき電話で予約したとき、店の人に言ったんだろ。わたしたち新婚ですって」

「言ってないよ」

和佳の様子に、ぼくを担《かつ》ごうという魂胆は見て取れない。

「じゃあ何で店側が知ってるんだろう」

「あのおばさんが息子さんに教えたからでしょ」

「そうかな。だって、バスの運転手が言っていただろ。あのおばさんが住んでいる一帯の家には電話もないって」

ましてや彼女は携帯など持っているようには見えなかった。

「そう言えばそうだったね……」

和佳は思案顔になったあと、指をぱちんと鳴らした。

「通信手段は電話じゃないのよ」

「じゃあ何？」

和佳は急にぼくの方へ顔を近づけてきた。近くに他の客や店のスタッフがいないのを確かめてから、ごく小さな音で口笛を吹いてみせる。

彼女の意図が理解できないぼくは、ただ瞬きを繰り返すしかなかった。

「だから、口笛言語だよ」

ぼくは瞬きを止め、目を見開くことで、もっと説明してくれと伝えた。

「文字通りの意味。口笛を言語として使ったの。あのおばさんは、電話の代わりに口笛で息子さんと連絡を取ったんだと思う」

「……冗談だろ」

「やだ、佑くん、知らないでこの島に来たの？」

和佳の説明によると、口笛言語は、遠く離れた田畑で働く者同士が会話できるようにと作り出されたもので、昔から実際に、ここラ・ゴメラ島で使われているのだという。この特殊な言語は、「シルボ・ゴメロ」（ゴメラの口笛）という名で呼ばれている、とのことだった。

「凄いのよ。本に書いてあったんだけど、天気の条件がよければ十キロ先まで音が届くんだって」

「そんなに？　――ねえ、そのシルボ・ゴメロだけど」ぼくはナイフとフォークをいったん置いた。「使えるのは年配の人だけかな。それとも、若い人でもできる？」

「そりゃあできるでしょ、地元で育った人なら。だって観光客で覚えて帰っていく人もいるぐらいよ」

彼女の返事を受け、ぼくは思わず呟いていた。

「巨鳥」

今度は和佳の方が意味が分からず目をぱちくりさせる番だった。

「いや、何でもないよ」

言葉とは裏腹に、軽いショックのせいで声が少し震えた。

そういうことだったのか。巨鳥の鳴き声。その正体は口笛だったのだ。

——いまおまえのところに警察官が向かっている。

その情報を、ガソリンスタンドにいたハビエルは、一キロ離れたグラウンドにいたエルナンドに、口笛言語で——シルボ・ゴメロとやらで伝えた。ぼくが車中で聞いた音がそれだった。なるほど、ならば、いくら探してもエルナンドの携帯電話が見つからなかったはずだ。彼はやはり最初からそれを持っていなかったのだ。

食事を終え、店の外に出た。

「わたしたちもシルボ・ゴメロを覚えようか」

「あ、いい考えかも。和佳は指笛ができるからな。そうすれば携帯電話代が節約になるね」

「でしょ」

和佳がいい加減な節をつけて口笛を吹いた。

「いまのは、『先に寝ているね』という意味だよ」

「それが我が家の口笛言語第一号かよ」

「そう。だって大きな事件が起きれば、あなたは毎日午前様でしょ。そのとき、わたしはこれで連絡する」

「そんな用途だったらやめてくれ。そう言えば、小さい頃、親に言われただろ、夜に口笛を吹くと泥棒が来る、って」

「刑事の家なら泥棒は大歓迎じゃないの。あなたが捕まえれば手柄になるもの」

「そりゃそうだけどさ」

二人で笑い合った。その途中で、ぼくだけ急に声を止めた。

「どうしたの」

和佳が、顔をほころばせたまま首を傾《かし》げ、こちらの表情をうかがってくる。それを片手で制しつつ、ぼくは立ち止まり、もう一方の手をポケットに入れた。

ほどなくして、和佳は、手にしていたポーチの中から自分のスマホを取り出した。

文面に目を落とす。そして口笛を吹いた。

もう一度、「先に寝てるね」という意味の口笛を。

いまぼくは、ポケットの中で彼女の携帯にメールを打ったのだった。桐村の勧めで始めた練習は実を結び、いまでは技をマスターできていた。和佳に送ったメッセージは「今晩の帰りは遅くなる」だった。だから彼女は口笛を吹いてくれたのだ。

「ありがと」

付き合ってもらった礼を一言いい、再び歩き出す。

「ちょっと待ってよ。いまのはどういうこと。何がしたかったわけ?」

和佳の質問に答える代わりに、ぼくは頭の中で一つの場面を思い出していた。舞台はK署の取調室だ。時は一年前――。

いま、ぼくと和佳がやったこと。それと同じ行為が、あのとき、あの狭い部屋で行なわれていたのではないのか。あの舞台には、やはりプロンプターがいて、台詞を忘れた俳優に、こっそりと台本を耳打ちしていたのではなかったのか。

エルナンドが質問の答えに窮すると、桐村は取り調べをしながら、ポケットに手を突っ込んでは歩き回った。その行為の後は、決まってエルナンドは答えることができたものだ。

あのとき桐村は、携帯電話のメールを使って、自分がした質問を真犯人――ハビエルにこっそり送信していたのだと思う。

遠方で待機していたハビエルは、受け取った質問に「ゴメラの口笛」で返事をした。自分がやった犯罪なのだから、どんな問いにも答えられる。どんな秘密の暴露だってできる。

エルナンドはその口笛を聞き取り、そっくりそのまま喋《しゃべ》っていたのではないのか。

桐村とハビエルは裏でつながっていたということだ。桐村が競馬の借金を清算できた背景には、三百万円の一部をハビエルから受け取った、という行為があったのかもしれない。

ぼくは歩を進めながら、ぼんやりと視線を上に向けた。

真っ黒い巨大な鳥が、ばさっと翼を広げ、悠然と夜空の彼方へと飛び去って行く。そんな光景が見えたような気がした。

死んでもいい人なんて

1

こんにちは。お久しぶりです。

突然押しかけてしまい、申し訳ありません。

どうしてもあなたにお話ししておきたいことがありまして、お邪魔しました。

今日は土曜日で学校は休みのはずですが、息子さんは家にいないようですね。

ああ、そうですか。友達と外に遊びにいきましたか。元気そうで何よりです。

ほう、そろそろ帰るころなんですね。

じゃあ、もしかしたら会えるかな。とは言いましても、こちらもいろいろ仕事を抱えていまして、そんなに長居はできないのですが。

さてと。

お話ししたいのは、もちろん、例の事件のことです。

一年前の、あの事件です。

聞いていただけますよね。

まず、ざっとおさらいする意味で、当時の記憶をできるだけ正確に思い出しながら話してみます。

2

例の事件があったのは、六月十日でしたから、ほぼ一年前になりますね。

あの晩、機動捜査隊に所属するぼくは、先輩刑事と一緒に捜査車両で警ら活動をしていました。

県警通信指令室から無線連絡があったのは、十日の午前二時ぐらいだったと記憶しています。

《民家で男性が死亡した模様。現場へ急行願います》

どうやら、民家に男が侵入し、住人の女性がその男をゴルフクラブで殴って死なせてしまった、という出来事が起きたようでした。

「飛ばせ」

先輩に発破《はっぱ》をかけられ、ぼくはアクセルを踏み込んで現場へ駆けつけました。

そこは、昔、外国人が多く住んでいた場所で、煙突のある洋風の家が多い区域でした。

通報者によると、現場は「隅野《すみの》」という表札の出ている家とのことでした。

少し迷ってから探し当てた隅野宅は、立派な門のある三階建ての大きな洋館でした。

門は開いていて、玄関のドアにも鍵がかかっていませんでしたので、「警察です」と声を上げながら家の中に入らせてもらいました。

人の姿があったのは、一階の広いリビングでした。

二人です。

女性と男性が一人ずつ。

まず、三十代と見える女性。彼女は部屋の中央に置かれたロングソファに座り、毛布にくるまって震えていました。その様子から、彼女がこの家の住人で、通報してきた人物だろうと見当がつきました。

もう一人は男性です。暖炉の前でうつ伏せになって倒れていました。横顔を見たところ、歳《とし》は四十代半ばぐらい。痩せ型で、着ている黒い服が少しだぶついていたのをよく覚えています。

この男性は頭から血を流していました。体はぴくりとも動きません。通報のとおり、こと切れているに違いありませんでした。

救急車のサイレンは一向に聞こえませんでしたから、彼女は消防には通報していないようでした。

このとき、ぼくの目の前が大きく揺れました。

強い眩暈《めまい》を覚えたせいです。

刑事になってから日が浅いので、まだ事件現場に慣れていなかったのです。ですから、人が出血しながら倒れているのを見て、気持ちが悪くなってしまったわけです。ちょっとでも気を緩《ゆる》めれば、胃袋の中身を戻してしまいそうな状態でした。

気がつくと、いつの間にか、鑑識係の人がきていて、証拠物の採取を始めていました。

そのうち、先輩刑事たちも姿を見せましたので、現場はいっきに慌ただしくなりました。

歯を食いしばりながら吐き気に耐えていると、

「おいっ」

先輩から頭を軽く叩かれ、耳元で囁《ささや》かれました。

「ぼんやり突っ立ってるんじゃねえよ。早く関係者から話を聞けって」

この現場は、新米刑事であるぼくの教育の機会でもあったわけです。

ぼくは慌てて通報者である女性の前に行き、一礼しました。

「あの、よろしいでしょうか」

ソファで毛布にくるまっていた女性は、それまで両手で顔を覆っていたのですが、こちらの投げた声に、手をどかして面《おもて》を上げました。

「まず、お名前を教えていただけますか」

緊張で甲高《かんだか》くなったぼくの質問に、彼女は息を整えてから答えました。

「隅野志帆《しほ》と申します」

「ご職業は」

「小学校の教師をしています」

ここで初めて、ぼくは自分が手ぶらだったことに気づきました。慌ててメモ用の手帳を出すと、その様子が滑稽《こっけい》だったのか、硬かった隅野さんの表情がちょっと和《やわ》らぎました。

「ええと、何年生を教えているんでしょうか」

ここでぼくは、横に立っていた先輩から軽く腕を小突かれました。そういう細かい質問は後回しにしてもっと大事なことを訊《き》け、と彼は言いたいようでした。

そんなプレッシャーもあって、吐き気がおさまった代わりに、今度は胃の辺りがしくしくと痛み出しました。

「三年生です」

「通報でだいたいの事情は把握していますが、もうちょっと詳しく、最初から経緯をお聞かせ願えませんか」

「はい。わたしがこの部屋で居眠りをしていたら、ガサゴソと物音がしたんです。それで目が覚めました。どうやら誰かが室内にいるらしく、暗がりの中で息遣いだけが聞こえました……」

彼女の声は案外落ち着いていました。人間、本当にショックを受けると、反動で妙に冷静になってしまうものなんですよね。

「どうぞ、続けてください」

「びっくりして声を上げそうになりましたが、手で口をふさいでこらえ、じっと目を凝らしました。そして、間違いなく侵入者がいることを知りました。あの男の人が――」

ここで隅野さんは、ぼくが現場に来てから初めて、倒れている男の方へちらりと視線をやりました。

「――あの人が、わたしの方へ背を向けて、ペンライトみたいなものを使って、あちらこちらを物色していました」

「それで？」

「わたしはソファから起き上がりました。怖いというよりも先に、無性に怒りがこみあげてきました。他人の家に無断で上がり込んだ挙句、盗みを働くなんて、失礼にもほどがあるだろう、と。そう感じて、頭にかっと血が上ってしまったのです」

「なるほど。それで？」

「近くにあったゴルフクラブを一本手にし、相手の頭を殴ってしまいました」

たしかに彼女の言うとおり、ソファのそばにはゴルフバッグが一セット置いてありました。

「このゴルフ用品は誰のものですか」

「わたしのです。大学生のころ部活動で使っていました。卒業してからは、ほとんどコースには出ていませんでしたが、先日久しぶりに友達から誘われたので、ここに出しておいたんです」

「ご家族は同居していないんですか」

こんな騒ぎがあったというのに、隅野家の人間は、志帆さんのほかに、いつまでたっても誰一人として姿を見せなかったのです。

「ええ。以前は両親とここに住んでいましたが、その父母は現在、事業の関係でオーストラリアへ行っていまして」

「そうなんですね。――ご結婚は？」

「しています」

「旦那さんは、いまどちらにおられるんですか」

「夫も両親の経営する会社に勤務していますので、一緒にオーストラリアへ行っています」

学生時代の部活動がゴルフ。家も大きく、室内の装飾も立派。また、両親の仕事は国際的なものらしい。はっきり言って、教師として働く必要などないほど隅野さんが裕福であることは間違いのないところでした。

「お子さんは」

「いません。ぜひ欲しいとは思っているのですが……」

ここで隅野さんはちょっと伏し目がちになりました。そして、

「どうも、わたしが妊娠できない体質のようでして」

と、泣き笑いのような声で付け加えました。

初対面の刑事に、そこまでプライベートな秘密を打ち明けるものか。少し驚きましたが、けっして無警戒というわけではなく、育ちのいい人が多くそうであるように、この女性はきっと大らかな性格なのだろう。そうぼくには感じられました。

「ですから、そろそろ里子か養子を取ろうかと、夫と相談していたところなんです」

「分かりました。お疲れでしょうが、もうちょっとお付き合いください。——このリビングの他に寝室は？」

「あります。二階に」

「どうしてその部屋ではなく、こっちで眠っていたんですか」

「いつもは二階の寝室で寝るんですが、今日はここでクラシック音楽を聴いていて、いつの間にか居眠りをしてしまったんです」

彼女の言うとおり、暖炉の上にプレーヤーが置いてあります。よく見ると、ラベルに「ロンドン交響楽団演奏」とあるCDがセットされていました。

「なるほど。繰り返しになりますが、念のため確認させてください。あなたは、これに寝ていたんですね」

いま隅野さんが座っているソファを、ぼくは指さしました。

「そうです」

「ちょっと失礼します」

断ってから、ぼくはソファに腰を下ろしました。革張りの高級品なので、座り心地は抜群でした。ばりばりという「革鳴り」の音も耳に心地よいものです。

そして、ぼくと入れ替わるようにして立ち上がった隅野さんに、もう一度「失礼」と断ってから、

「寝ていたというのは、こんな具合に、ですか」

体を横にし、足も伸ばしてみました。

「そうです」

彼女の証言どおり、寝そべった体勢でも、目の前のテーブルが邪魔になることなく、暖炉の前まで見通すことができました。

その点を確認してから、また高級感のあふれる革鳴りの大きな音を聞きつつ、ぼくは起き上がりました。

その後、家を調べさせてもらったことで、男の侵入経路がだいたい分かりました。

廊下の突き当たりに設けられた突き出し窓です。夏だからでしょう、そこが開けっ放しになっていました。

できた隙間《すきま》は横四十センチ、縦三十センチほどでしょうか。

見たところかなり狭いのですが、侵入した男は痩せています。頭を入れて身をくねらせれば、ぎりぎり通れるようでした。

やがて警察が委嘱している医師が到着し、男の死亡を正式に確認しました。

こうして男の遺体が、司法解剖のために大学病院へと運ばれていったあと、隅野さんは我に返ったように不安げな表情を見せました。

「刑事さん。わたしがしたことは過剰防衛なんでしょうか」

「微妙なところですね。まあ、残念ですが、このまま放免というわけにはいかないでしょう。任意同行を求められることにはなるはずです。そこで取り調べを受け、場合によっては逮捕という展開もありえます。身柄を拘束されることはないとしても、書類は送検されるでしょうね。あとは結局、検察官の判断次第です」

「やっぱり、殺人罪に問われますか。わたしは人殺しになるんでしょうか」

そう重ねて訊《たず》ねられ、ぼくは困りました。

こういう重大な問題については、不確かなことを軽々しく口にするべきではありません。ですが、自分で自分の体を抱くようにして怯《おび》えている彼女の様子を見て、つい気の毒になってしまったのです。

何とか早く安心させてやりたくて、

「いや、それはないでしょう」

と、思っていることをそのまま口にしました。

「殺人罪までは心配しなくてもいいはずですよ。被害者が泥棒であったことがはっきりと証明されれば、過剰防衛にはなりませんから」

「本当ですか」

「ええ。ちゃんと『盗犯防止法』というのがありましてね。その法律があるおかげで、窃盗の被害を防止するためなら、犯人を死なせてしまったとしても、正当防衛として認められることが多いんですよ」

説明しながら、ぼくは胸中に苦いものを感じていました。

偉そうで恐縮ですが、敢えて言わせてもらうと、刑事として、人間として、ぼくは一つの信念を持っていました。それは、

——この世には、死んでもいい人なんていない。

というものです。

言うまでもなく、命というものは、一度失われたら決して元には戻りません。ですから、いかなる理由があろうとも、殺人だけはやってはいけない。

そんなわけで正直なところ、隅野さんの行為には納得できませんでした。いくら相手が泥棒でも、死なせてしまうというのは、やはり殺人罪に問われるべき行為なのではないかと思ったのです。

しかし、ぼくの信条がどうあろうと、日本は法治国家です。すべては法律に従って処理されなければなりません。

ところで、このとき気になったのは、ぼくの説明を聞いても隅野さんの表情がますます重くなる一方だったことでした。

「まだ何か心配ごとがおありですか」

「実は、わたし……」

隅野さんは声を絞り出すようにしながら、倒れている男へ再び顔を向けました。

「わたし、この人を知っているんです」

その言葉に驚いたぼくは、どう答えていいか分からず、ただぽかんと口を開けたままになってしまったことを、いまでもよく覚えています。

「彼は、黒田良吉《くろだりょうきち》さんに間違いありません」

「黒田……。あなたとは、どういうお知り合いなんですか」

「わたしが受け持っている児童の父親です」

ぼくは先輩刑事と顔を見合わせました。この事態をどう解釈していいか分からなかったからです。

先輩が彼女に訊きました。「その子の名前は何といいますか」

「男の子で、隆也《たかや》といいます。黒田隆也くんです」

このときぼくにできたのは、ますます痛み始めた胃をどうにかするため、自分の腹部に手を当てて少しでも温めてやることだけでした。

3

隅野さんのショックが大きかったようなので、その晩は自宅でゆっくり休んでもらうことにし、とりあえずぼくたちは引き上げました。

外に出ると、もう東の空は白み始めていました。

そのとき、付近をパトロールしていた制服警官が近寄ってきました。彼がもたらした報告は、「現場付近に不審な自転車が停めてあります」というものでした。

隅野宅から少し離れたその場所へ行ってみると、なるほど、薄汚れた黒いママチャリが一台、道路脇に停めてあります。

その場から無線で県警本部に連絡し、防犯登録番号を洗ってもらったところ、盗まれた自転車であることがたちどころに判明しました。

黒田良吉なる男が乗ってきたものと見て間違いなさそうでした。

完全に夜が明けるのを待ってから、ぼくは先輩と一緒に黒田の家へ向かいました。

黒田という男は、自分の息子が世話になっている教師の家に盗みに入り、殺されたわけです。

――世間は狭いな……。

そんなことをぼんやりと考えているうちに、目指す家に到着していました。

そこは古い木造の平屋でした。つい先ほどまで豪壮な大邸宅にいたばかりですから、亀裂の入ったモルタル壁も、錆《さ》びの浮いた雨樋《あまどい》も、よけいに見すぼらしく目に映りました。

呼び鈴を鳴らすと、玄関の引き戸をガタガタさせながら、一人の男児が顔を覗かせました。

その子——黒田隆也くんの姿を目にして、ぼくはたいへん驚きました。

ガリガリにやせ細っていたからです。

三年生だという話ですが、その体格は、幼稚園児かせいぜい一年生といったところでした。あまりに小さいので、人間ではなく猿か何か別の生き物に思えたぐらいです。

「ぼくたちは警察の者だよ。きみは黒田隆也くんだね」

こちらの質問には返事がなく、上目遣いの頷《うなず》きが返ってくるだけだろう。なぜかぼくはそんなふうに思っていたので、

「はい。そうです」

隆也くんがちゃんと言葉で答えたのは、ちょっと意外でした。

「歳はいくつかな」

「九歳です」

ただ、声の調子は体格に比例して細々としていました。

よく見ると、隆也くんの頬《ほお》には薄っすらと模様ができていました。涙の跡です。父親が帰ってこないため、心細くなり、一人泣いていたのかもしれません。

黒田家の母親はすでに病気で死亡しているので不在。そのように隅野さんから聞いていました。

「お父さんの名前を教えてもらえないかな」

「……良吉といいます」

「良吉さんは、いまどうしている？」

「分かりません。昨日の夜中に出かけたきり、帰ってきていません」

「お父さんは何に乗って出かけたの？」

「自転車です」

「色は？」

「黒です」

さっき見つけた不審な自転車と符合しています。

「きみのお父さんは、この人かな」

先ほど隅野宅で撮影した男の顔写真を見せたところ、隆也くんは頷きました。死に顔ですから目をつぶっています。その点を、隆也くんは不思議に思ったかもしれません。

それはそうと、たしかに隆也くんは良吉と顔立ちが似ています。これ以上調べなくても、親子であることはもう間違いありませんでした。

「実はね、きみのお父さんは、いま病院にいるんだ」

そう告げて、とりあえず隆也くんを警察で一時的に保護することにしました。「死体になって」という説明を省いただけで、嘘をついたわけではないのですが、この言い方にはちょっと後ろめたさを覚えてしまったことは事実です。

「これからどうなるんでしょうね、あの子は」

一時保護の手続きを終えたあと、ぼくは先輩に訊いてみました。

「両親はいなくなったし、近い親戚もいないらしいな。こうなると、普通なら児童養護施設に行くことになるよな」

「でなければ、誰かの養子か里子になるか、ですね」

その後、令状を取って黒田の家を捜索しました。

結果、盗難届の出ている品物がいくつか発見されました。こうして、黒田が忍び込みの常習犯だったことが判明したわけです。

一方、隅野さんについては、午後になってから警察へ任意で出頭してもらいました。

取り調べは、だいたい型どおりのもので、簡単に終わりました。

その後、ぼくと先輩は、彼女の勤務する学校へ聞き込みにでかけました。

——隅野先生ほど児童思いの教師はいませんよ。

職員たちは口々にそう証言しました。

思ったとおり、彼女が逮捕されることはありませんでした。

調書が作成され、書類一式が検察庁へ送られたものの、結局は盗犯防止法が適用され、不起訴となりました。

このあたりの経緯は、誰よりもあなた自身が一番よくご存じですよね。

隅野志帆さん。

4

そうそう。

黒田良吉の背景について興味がおありでしょうから、ぼくが調べた範囲で、ちょっと簡単にお知らせしておきましょうか。

妻を病気で亡くした黒田が、そのせいで酒に溺れるようになり、勤務していた農機具販売会社をリストラされたことは、すでにご存じでしょう。

母子家庭とは違い、父子家庭には何の援助もないこの自治体の政策に腹を立て、世の中を恨むようになった、ということも。

そうして彼は泥棒稼業に精を出すようになってしまったわけですが、その手口がほとんど一定だったことは知っていましたか。

手口は真夜中の「忍び込み」で、活動するのは夏場です。

近所の目があるから、朝は背広を着てネクタイを締め、会社に行くふりをしていました。

セールスマンを装い、いろんな町を回り、金目のものがありそうな家に目をつけていました。

たいていは閑静な住宅街の大きな家です。

そうして彼は、これから狙う物件のリストを作る、という作業を続けていたのです。

黒田に目をつけられる家には、一つの共通点がありました。

隅野さんのこのお宅にも、それが見当たりますね。

そうです。突き出し窓です。

夏場ですと、それを開け放しにしている家が多い。そこから忍び込むというのが、どうも黒田の特癖《とくへき》――つまり犯行手口の特徴のようでした。被害にあった住宅の突き出し窓には一つ残らず、そこから何者かが侵入した形跡がありましたからね。

夜になると、彼は狙いをつけた家の前まで自転車に乗って出かけます。

このとき、家に明かりが点《つ》いていたら、諦めて引き返します。点いていなかったら電話をかけます。もちろん番号は事前にタウンページで調べておく。そして応答がない場合、留守と判断して、突き出し窓から忍び込むのです。

そんな手口で盗みを繰り返していたわけですが、このあたりは、いまとなってはあまり重要ではありません。

本題はここからなんです。

今日ぼくがお邪魔したのは、この先の話をさせていただきたかったからです。

あなたが不起訴になったあとも、ぼくはずっとこの事件のことを考え続けていました。

なぜかって？

あなたの行動に、どうしても引っ掛かる点があったからです。

それは何かというと、まず、あなたが救急車を呼ばなかったことです。

どうしてでしょうか。

まあ、「確実に殺してしまったと思った。もう助からないことが分かったので消防には通報しなかった」ということは十分考えられますから、この点は深く追及しないでおきましょう。

それよりも、ぼくが問題にしたいことはもう一つ別にあります。

ソファです。

この高級な革張りのソファなんです。

ちょっと失礼して、あのときのように、もう一度ここで寝させてもらいますよ。

はい、横になりました。

では今度は起き上がってみます。いいですか、よく耳を澄ませていてください。

ほら、音がしますよね。ばりばりと。

革の質がよいソファですから、こういう「革鳴り」というやつが起きるんですね。

この音、けっこう大きいと思いませんか。

そうなんです。もうお分かりでしょう。これぐらい音がしたら、泥棒は――黒田は、かならずソファの方を振り返ったはずなんです。

でも隅野さん、あなたの証言では、そうはなっていませんでした。

――わたしがソファから起き上がったあとも、黒田はわたしの存在に気づかず、こちらに背を向けたまま部屋を物色し続けていた。

あなたはそのように証言しているんです。

おかしいと思いませんか。

これはどういうことでしょう。

もしかして、黒田は耳が遠かったのか。だとしたら、革鳴りに気づかなかったとしても頷けます。

ですが、耳が遠くて泥棒稼業が務まるでしょうか。

まず無理でしょうね。泥棒というのは、ある意味、警戒することが商売みたいなものですから。連中はむしろ、人一倍耳がいいのが普通なんです。だから、黒田にソファの音が聞こえなかったというのは考えられない。

すると、隅野さん。

ひょっとしたら、あなたは虚偽の証言をしたのではありませんか。

あのとき、あなたはソファで横になっているのではなかった。

ではどんな状態でいたのか。

それは分かりませんが、あなたが嘘をついているとなると、こちらとしても、どうしても意地悪な見方をしたくなるんですよ。

ここからは、ぼくの推測になりますが、思い切って申し上げましょう。

あなたはソファに寝ていたのではなく、その陰に隠れていた。

黒田が忍び込んでくるのを知っていて、待ち伏せをしていた。

そこへ、思ったとおり黒田が入ってきて、この室内を物色し始めた。

あなたは足音を殺して背後から近寄り、彼の頭を目がけてゴルフクラブを振り上げた。

いかがでしょう。

隅野さん。

震えていますね。

どうやら、いまぼくが言ったことはあながち間違いではなさそうだ。

すると、次に問題になるのは動機です。

5

隅野先生。

ここは敢えて先生と呼ばせていただきます。

教師として優秀なあなたが、ガリガリに痩せた教え子――黒田隆也くんの様子を不審に思わないはずはありません。

誰が見たって、隆也くんは、家で満足にご飯を食べさせてもらっていない。

事実そのとおりだった。育ち盛りの子に食べさせない。これは親の責任ですね。

つまり隆也くんは、父親から虐待を受けていた、ということになります。

このままでは隆也くんの健康が損なわれる。下手《へた》をしたら命が危ない。

危機感を覚えたあなたは、当然、黒田の許《もと》へ乗り込んだ。そして面談をしました。家庭訪問をした記録があります。学校へ行って見せてもらいましたよ。黒田の家で二時間も話をしていましたね。

——隆也くんに、ちゃんとご飯を食べさせてください。

——うるせえ、あんたの知ったことじゃない。人の家にとやかく口を出すな。あんたは勉強だけを教えていればいいんだ。

おそらく、そんなやりとりが延々と続いたのではありませんか。

もちろん児童相談所にも通報したでしょうが、埒《らち》が明かなかった。

そんな経緯があって、先生の心の中で、だんだん一つの意思が固まっていったのだと思います。

隆也くんを助けるためには、黒田に死んでもらうしかない、と。

あなたは隆也くんを通じて、黒田が忍び込み専門の泥棒であることを知った。彼の手口について情報も得た。

また、隆也くんを通して、六月十日の夜に留守にする、という偽の情報を黒田に伝えもした。

そうして仕掛けておいた罠に、黒田は引っ掛かった。

先生。

やはり図星でしたか。顔色がよくありませんよ。

こうなると話は大いに違ってきますね。

あなたは計画的に人を手にかけた殺人犯ということになる。

隅野さん。

ぼくが偉そうに言った信念を覚えておられますか。

そうです。「死んでもいい人なんていない」というやつです。

あなたの行為は、やはりぼくの信念に反していた。

事件から一年近くたって、ふと突然、あなたが嘘の供述をしたことに気づいたぼくは、勢いづいて、そのことを先輩や課長に進言しようとしました。

でもね。

結局やめにしたんです。

上に相談していたら、こんなふうにのこのこ一人では出向いてきません。いまごろ逮捕状を持って大勢で押しかけています。

そうしなかった理由ですか？

遅ればせながら、もう一つ不審な点に気づいたからです。

それは何かを申し上げましょう。

突き出し窓なんです。

この家の場合は、その隙間は横四十センチ、縦三十センチぐらいでした。かなり狭いですが、痩せ型である黒田の体格なら、体をあれこれくねらせれば、ぎりぎり通過できる。それが警察の見解でした。

ですが、ここに大きな問題があるんです。

繰り返しますが、ぎりぎりなんですよ。するりと通り抜けられたわけではない。つまり侵入するためには、しばらくのあいだ必死に体をくねらせて窓枠と格闘しなければならない、ということです。

しかし考えてもみてください。そんな時間のかかることを泥棒がするでしょうか。あまり狭い場所に無理やり体を入れれば、そこに挟まったまま身動きが取れなくなるおそれもある。

そこまでの危険を冒すというのは、犯罪者心理に照らし合わせて、どうにも不自然なんです。

とはいえ、突き出し窓から侵入するというのが黒田の特癖であることは間違いない。

では実際のところ、彼はどういう手口を用いていたのか。

侵入するには、窓の隙間に体が引っ掛かるようではいけません。

もっと体が細くなければ。

もっと小さくなければ。

うんと小柄な人物で、痩せているのが理想的です。

ガリガリに――。

もうお分かりでしょう。

そうです。

隆也くんです。

黒田はまず、自分ではなく隆也くんを突き出し窓から侵入させていた。

自分の息子を忍び込むための道具として使っていたんです。

ほんの小さな隙間から、もっと小さな隆也くんをするりと中に入れ、玄関の鍵を開けさせる。

そして黒田自身はそこからすんなり悠々と忍び込む。

そして、自分が盗みを働いているあいだ足手まといにならないよう、役目を終えた隆也くんの方は、一人で先に歩いて自宅へ帰らせていた。

そういう手口を、いままで盗みを働いたあちこちの現場で使っていたと思うんです。

だからでしょう。

だから黒田は、隆也くんにご飯を食べさせなかった。

体を成長させないようにしたんです。いつまでも盗みの道具として使い続けられるように。

そこまで人の道に外れた行為は、単なるぼくの想像であってほしいと思います。ですが、なぜ黒田が隆也くんを異常なまでに痩せさせていたかを考えていくと、どうしてもそういう結論になってしまうんです。

隅野さん。

この事件で、一番大きな嘘をついていたのは、あなたではありません。

黒田でも、隆也くんでもない。

では誰か。

ぼくです。

逆に、あなたは正しかった。

ぼくはいままで、死んでもいい人なんていない、と信じていました。

けれど、それは間違いだったような気がします。

生きていてはいけない人間も、もしかしたら、この世にはいるんじゃないか。

恐ろしい考えですけど、いまは、そう思い始めています。

……おや、玄関で音がしましたよ。息子さんが帰ってきたようですね。

やあ、隆也くん。

ぼくの顔はもう忘れてしまったかな。一年前に一度だけ会っているんだけど。

そうか。やっぱり覚えていてくれたか。ありがとう。
ずいぶん大きくなったね。見違えるようだ。本当に元気そうで、安心したよ。

水《み》無《な》月《づき》の蟻

1

フローリングの床に一匹の黒蟻《くろあり》がいた。一歩も動かず触角《しょっかく》だけを、いわゆるパラパラダンスでも踊っているかのように、右へ左へと忙《せわ》しなく動かしている。

ぼくはガラスのコップを手にし、蟻の上からそっと被《かぶ》せた。そして床とコップの隙間に、手近にあったスーパーの広告を一枚差し込んだ。床を這《は》う虫を捕獲する方法はいくつかあるが、ぼくがいつも使っているのはこのやり方だ。

広告ごとコップを持ち上げ、一方の壁際まで移動した。

そこには、ちょっと大きめの水槽が置いてある。内部には、水の代わりに土が入れてあった。

この自作したアントクアリウム——蟻の巣には、いつもちゃんと蓋《ふた》をしている。だが、いくら注意していても、上手く逃げ出すやつが、一日に一匹ぐらいの割合でかならず現れてしまう。困ったものだ。

水槽の蓋を開けた。コップを軽く振ることで、その中を這い回っていた今日の逃亡者を、無事に仲間たちの元へ戻してやる。

そのとき、かすかに聞こえてきた音があった。

隣室──四〇六号室のドアが閉まる音だ。粂希理子《くめきりこ》が出かけたらしい。

ぼくはサッシ戸を開けてベランダに出た。

ちょうどこの真下が、マンションの出入口になっている。

しばらく待っていると、トートバッグを肩にかけた若い女性の後ろ姿が視界に入ってきた。

やはり希理子だ。マンションの敷地から往来へと徒歩で出ていく。

すらりとしたプロポーションには似合わず、彼女の歩き方はちょこまかとしていた。そのギャップが、ぼくにとっては希理子が持つ魅力の一つだ。

テーブルの上に置いてあった滑り止め用のゴム球がついた軍手を持ち、ぼくも自分の部屋を出た。

廊下の左右を見渡す。

人の気配はない。

四〇六号室の前に立ち、軍手を嵌《は》めた。ドアレバーに手をかけ、ダメ元で回してみる。希理子が買い物に出かける際、ときどき鍵をかけ忘れることには、以前から気づいていた。

レバーが下まですんなりと回った。

こうなることを期待していたくせに、まだ十分に心の準備ができていなかったせいで、ぼくは一瞬その場に立ちすくんでしまった。

ぐずぐずしていられない。こんなところを人に見られたら大変だ。

ドアを閉めて立ち去るか。

それとも室内に忍び込むか。

さっさと決めなければならない。

もちろん、こういう機会はそう多いわけではないから、ほとんど迷うことなく後者を選んだ。

素早くドアを閉め、四〇六号室の靴脱ぎ場に立ち、ぼくはまず胸いっぱいに息を吸い込んだ。

果物系の甘い香りがする。いつも彼女がさせている匂いだ。

靴を脱いで上がり込んだ。

間取りは、ぼくが住む四〇五号室と左右対称になっていた。

入ってすぐの位置にキッチンがある。シンクの中には、使った食器が洗われもせずに溜まっていた。

短い廊下を歩き、リビングに入り込んだ。

ぱっと目を惹いたのは洋風の茶簞笥《ちゃだんす》だった。今日はこれを物色してみようか。

ぼくは茶簞笥の前に立った。ちょうど目の高さの段には、小さな陶製の瓶が二つ並んでいる。

ガラスの扉が開いたままになっていたので、まず向かって左の瓶を手に取り、蓋を開けてみた。白い粉末が入っている。指先につけて舐《な》めてみたところ粉砂糖だと分かった。

右側の小瓶も、中身は同じように白い粉末だった。

足元に細かい振動を感じたのは、その二つ目の瓶を棚に戻したときだ。

大きな揺れは、茶簞笥から離れて姿勢を低くしたときに襲ってきた。

いま手にしたばかりの小瓶が二つとも、ほぼ同時に茶簞笥から勢いよく飛び出した。落下の衝撃で、どちらの蓋も外れ、中身の粉末がフローリングの床で混じり合う。

ほどなくして揺れは収まった。

地震を体験したのは久しぶりだ。震度はたぶん三か四だろう。

これまでの例からして、希理子が買い物に出た場合、戻って来るのは早くて三十分後だ。だが、いまの地震で部屋の様子が心配になり、急いで引き返してくるかもしれない。早く立ち去る方がよさそうだ。

靴を履き、ドアを薄く開けた。人の目を警戒する作業は、入るときより出るときの方が難しい。

廊下の右側を見た限りでは、誰もいない。顔を突き出し、ドアの陰から左側も覗《のぞ》き、やはり人気《ひとけ》がないのを確認してから、小走りに自室の前へ戻った。

そのとき、廊下の突き当たりで音がした。見ると、エレベーターの扉が開き、希理子の姿が現れたところだった。

間一髪だ。あと少し逃げるのが遅かったら、言い逃れのできない事態になっていた。

「こんにちは、有末《ありすえ》さん」

挨拶をしながらこちらへ歩いてくる希理子に対し、ぼくは視線を下に向けたまま会釈を返した。

「驚きましたね、さっきの揺れ」

「……はい」

「買い物に行こうと思ったんですけど、お財布を忘れたことに気づいたんです。引き返している途中で、こんどはいきなりグラリでしょう。今日は厄日かな。——有末さんは、いま大学の授業を終えて帰ってきたところなんですか？」

「そうです」嘘をついた。

希理子は持っていたトートバッグの中に手を突っ込んだ。そうして、しばらくがさごそやってから、

「あら、鍵がない……。やだ、施錠しないで出ちゃったみたい」

そんな独り言を呟《つぶや》く。そうして、ぼくの方に照れ隠しの笑顔を向けつつドアを開け、その陰に姿を消す前に、軽く手を振ってよこした。

首をすくめるようにしてまた会釈を返し、ぼくもドアを開けて自室へ入った。

軽い後悔を覚える。こっちも手を振り返してやるべきだった。

コミュニケーションが苦手だと、ああすればよかった、こうするべきだった、とウジウジ反省することが多くて、まったく嫌になる。

そんなことを思いながら靴を脱ぎかけたとき、

「ああっ！」

壁越しに、希理子の叫び声が聞こえてきた。

どうして彼女が大声を上げたのか、その理由についてはすぐにピンときた。いまの地震で、四〇六号室のリビングでは、粉砂糖の瓶が落ち、中身が床に散らばってしまった。その惨状を

目にしたからだ。

ちょっと掃除をすれば済むことだから、別に心配しなくてもいいだろう。しかし、ぼくは脱ぎかけていた靴を履き直し、すぐにまた廊下へ出ていった。彼女と話を続けるチャンスを逃すわけにはいかない。

四〇六号室のチャイムを押す。

「どなた？」ドア越しに返事があった。

「有末です」

ドアが開き、希理子が顔を覗かせる。

——どうかしましたか。大きな声が聞こえたものですから、心配になりまして伺いました。

彼女の顔を真っ直ぐ見つめながらそう言うつもりだったのが、実際には、視線を逸《そ》らせたまま、「声が、したので……」としか呟けなかった。

「あら、びっくりさせてしまって、すみません」希理子の声はやや上擦《うわず》っていた。「ただ思った以上に、部屋の中がぐちゃぐちゃになっていたものですから、つい」

「困った、ことが、あったら」

遠慮なく言ってくださいい、と振り絞るようにして言葉を続けた。

「ありがとうございます。ご親切に」

改めて自室に戻り、ざっとリビングやトイレ、風呂場を点検した。

幸いぼくの部屋では、地震による目立った被害はなかった。自作のアントクアリウムも、どっしりした形をしているから、もちろん倒れてはいない。

ほっと息をつきながらキッチンに立ち、自分の砂糖瓶の中を覗いてみる。しばらく使っていなかったので、白い粒はすっかり固まってしまっていた。

スプーンの先っぽを使い、塊をほぐしにかかる。そうして、いつ希理子がこの調味料を借りにきてもいいように準備をしたあとは、蟻を眺めて時間を過ごした。

夜まで待ったが、隣室の女がこの部屋のチャイムを鳴らすことはなかった。

2

朝起きて最初にやったのは、カレンダーをめくることだった。

五月から六月に変わっても、自分で淹《い》れるコーヒーの味は、いつものように美味《うま》いのか不味《まず》いのかよく分からないままだ。

そのとき、またしても床に蟻を見つけた。

昨日の脱走者はじっとしていたが、今日のやつはすばしっこい。キッチンの方へ一目散に駆けていく。砂糖の塊をほぐしたとき、小さい粒がそこらへんに弾《はじ》け飛んで転がってしまったのだろう。蟻は、それを目敏《めざと》く察知したに違いない。

いつもの方法で捕獲し、水槽の中に戻してからテレビをつけた。土曜朝のワイドショーで取り上げられている話題は、やはり昨日の地震だった。

《けっこう強く揺れましたね。こうなると、余震がいつあるか心配です》

《そうですね。最大余震は、普通ですと本震発生から三日以内に発生する場合が多いのですが、今回のように海溝型の地震の場合、一週間ぐらい経ってから本震並みの余震が起きるケースもあるため、引き続き警戒が必要です》

チャイムが鳴ったのは、テレビを消したときだった。

ぼくはよく、生活に必要なものをネット通販で買う。また宅配便だろうと思い、スコープから外を見ることもなくドアを開けた。

立っていたのは希理子だった。手に紙袋を持っている。

「えっと、あの」

そう言ったきり、ぼくはまたコミュ障モードに突入してしまい、口をパクパクさせることしかできなくなっていた。

「昨日は、ご丁寧に、ありがとうございました」

「あ、いえ」

「有末さん、いまお忙しいですか」

「別に、そんなには」

「じゃあ、不躾《ぶしつけ》なお願いで恐縮なんですが、入れていただけませんか」

どん。何かに心臓を殴られたような気がした。

「えっと」

この部屋に、ということですか？　そう質問する代わりに、ぼくはいま自分が立っている靴脱ぎ場を指さした。

「ええ。このお部屋に」

現在のリビングはどんな状態だった？　とっさに脳内で確かめる。きれいにしていただろうか。脱ぎ散らかしたものはないか。人に見られたら恥ずかしいものは置いていなかったか……。

「別にこれといった用事ではないんです。ただ、ご親切に声をかけていただいたので、何かお礼をと思いまして」

「ど、どうぞ」

ぼくが場所を空けると、希理子が入ってきた。狭い靴脱ぎ場で二人の距離が接近する。ふわっと果物系のいい香りがした。それを間近で嗅いだせいで、ぼくの体は一気に熱くなった。

「これ、よかったら食べてください」

リビングで希理子が紙袋から出したのは、有名店の洋菓子だった。ひとこと声をかけただけなのに、こんな値の張る菓子を頂戴してもいいのだろうか。でも遠慮したらかえって失礼だし……。

火照《ほて》った頭でそのぐらいの考えはめぐらせたあと、頭を下げながら箱を自分の方へ引き寄せる。

希理子は、壁際に置いてある水槽の方へ顔を向けた。

「これが有末さん自慢の蟻ちゃんたちですか」

自慢の。そう言われて思わず照れてしまった。これは市販のアントクアリウムではなく、水槽に土を入れただけの安上がりな代物にすぎない。

「でも、ちょっとおかしいですね。有末さんのペットが蟻だなんて。名字に引っ掛けて、敢《あ》えて狙ったとか？」

まだ心臓がうるさく鼓動している。「偶然ですよ」と軽く受け流すことすら難しく、ぼくは「あは」と間抜けな笑いだけを返した。

「この中には何匹ぐらいの蟻がいるんですか」

「二、三百……かな」

正確には数えたことがないが、それぐらいはいるはずだ。

「そんなにですか」

希理子は目を瞠《みは》った。その顔は、テレビや雑誌で見かける並の女性タレントより、よっぽど絵になっている。

「そっちの瓶は何ですか。中身はミルクじゃなさそうですけど」

水槽の横には、一本の牛乳瓶が置いてあった。これにも同じように土を入れ、蟻を一匹だけ仲間から離して飼っている。

見覚えがありませんか、この蟻に。そう問いかける視線を、ぼくは希理子に投げた。

いまから三か月ほど前だ。大学へ行くため部屋を出たとき、仕事を終えて朝帰りした彼女と、ばったり出会ったことがあった。

「あ、止まって」

簡単な挨拶のあと、歩きかけたぼくに、希理子は背後からそう声を投げてきた。

ぼくの靴に蟻がついていたからだった。その蟻は、靴底の方へ移動しようとしていたらしい。次の一歩を踏み出せば、小さな命を無残に踏み潰《つぶ》していたところだった。

希理子はティッシュペーパーで蟻を優しく包み、ぼくに手渡したあと訊《き》いてきた。

「どうして蟻なんて、くっついたんでしょうね」

「部屋で、飼ってるんです」

別に違反ではない。このマンションの賃貸契約書には、犬猫は禁止だが、小鳥や熱帯魚、そして昆虫は飼育可能とある。

「可愛い趣味ですね」

希理子は少し首をかしげながら笑顔を見せた。

あの瞬間からだった。彼女の姿がぼくの頭から離れなくなってしまったのは。

ときどき部屋に忍び込んで、希理子と同じ空気を吸い始めたのも、そのとき以来だ。変態的な犯罪行為なのだが、それがぼくなりの愛情表現だった。

何はともあれ、そのとき希理子が救ってくれたのが、この牛乳瓶の中にいる蟻なのだ。

そう説明してやると、希理子は懐かしむ目になって頬を緩めたが、すぐにその表情を曇らせた。

「わたし、実は虫が苦手なの」

「え」

「小さいころにテレビで映画を観たことがあるんです。ジャングルの中で人が蟻にたかられて殺されちゃう話でした」

たぶん、獰猛な軍隊アリが登場する『黒い絨毯』というタイトルの映画だろう。

「そのとき観た場面が怖くて怖くて、いまでも頭から離れなくて……。だから、もし水槽がひっくり返って、この蟻が全部ぱあっと部屋の中に逃げ出したりしたら、ショックで死んじゃうかも」

真顔だった。冗談ではなく本気でそう言っているのだ。

逃がさないようにすれば大丈夫です、とぼくは伝えた。

「そうですね……。この蟻ちゃんたちを、どこで集めたんです？」

「あ、庭で。そこの」

「そこというと、このマンションの？」

「はい」

蟻の巣を見つけて、穴のそばに餌を置いておくだけで、簡単に捕獲できると教えてやった。

「この土も庭のですか」

「いえ」

土は「パーライト」と呼ばれる真珠岩を焼いて作った人工土だ。白っぽい色をしているから、見た目が暗くなくていい。

「飼い方は難しいのかな」

ぼくは首を振った。

「じゃあ、餌を置いておけば、あとは放っておいてもいい、って感じ?」

「ですね。だいたい」

「じゃあ、わたしでもできるかも……。わたし、いままでペットを飼ったことがないんです。わたしの父親って、いまも現役の警察官なんですけど、昔から動物が嫌いで、絶対に許してもらえませんでした」

テーブルにゴミが落ちていたらしい。喋りながら希理子は指を動かし、何かを摘み上げるような動作をしたあと、その指をそばにあった屑籠《くずかご》の上へと持っていった。

「わたしがどんな仕事をしているかご存じですか」

もちろん知っているが、ぼくはまた首を横に振った。

「飲食店の従業員です。早い話がキャバクラ嬢というやつなんですけどね」

自虐するふうでもなく、さらりと言う。

「堅物《かたぶつ》の父親に反抗していたら、気がつくと、こんな仕事をしていました」

「そう、ですか」

「水商売の女はペットを飼いたがるってよく言われますよね。あれ、本当だって知ってましたか。わたしの同僚は全部で八人いるんですけど、みんな部屋に帰ると、犬か猫が待ってくれているんです」

希理子はまたテーブルの上からゴミを摘み取る仕草をした。

「独りぼっちはわたしだけ。だから、休憩時間にペットの話になると、いつも仲間外れになるんです。用もないのにトイレに行かなきゃいけないの」

その気持ちはよく分かる。ぼくも、同級生たちと共通の話題が見つけられないことが多く、大学でちょくちょく似た経験をしていた。

「部屋で誰かが待っていてくれるって、いいなあ。わたしも何か飼ってみようかな」

「ええ。ぜひ」

「でも、犬は気が進まないんです。世話が大変そうで。猫も、アレルギーがあって駄目。そもそもこのマンションはどっちもＮＧですけどね。そうすると何がいいかしら」

「はあ」

首を捻《ひね》ることしかできないコミュニケーション下手の自分が、本当に情けない。だが、希理子から相談をもちかけられているという現実はやはり嬉しく、差し引きすれば、いまぼくは幸せだった。

「わたし、ずぼらなんです。片付けとかも面倒がる方で。だから手間のかからない生き物がいいんですけど……」

希理子はまた水槽へ顔を向けた。

「この蟻ちゃんたちは、有末さんの宝物なんでしょう？」

「まあ。はい」

「だったら、貸してってお願いしても駄目ですよね」

「え？」

「ですから、ちょっと貸していただけたらな、と思ったんです。わたしに生き物が飼えるかどうか試してみたくて。——でも、無理ですよね、やっぱり」

「あ、いえ、その」

希理子はテーブルを回ってぼくの横に座った。顔をぐっと近づけてくる。視界がかすむほど頭に血が上った。

「それともOKかな」

ぼくは何度も頷《うなず》いていた。

「本当っ？　ありがとう」

希理子がぼくの手に自分のそれを重ねてきたため、ついにこめかみから汗が流れ始めた。

「何日ぐらい貸していただけるかしら」

「何日でも……いいです」

これは本心だった。すぐに戻されたら、それっきり希理子との関係が途絶えてしまうかもしれない。だが、蟻を預けているかぎり、彼女はいつも意識の中にぼくを留めておいてくれるはずだ。

ぼくは希理子と協力して、水槽を四〇六号室へと運んだ。

水槽のサイズは、底が四十センチ四方、高さが五十センチぐらいあるが、幸いパーライトという商品は、自然の土よりずっと軽い。だから一人でも十分に運べるのだが、ぼくは遠慮なく希理子に手伝ってもらった。

四十センチの距離を挟んで彼女と向き合う至福の時間は、だいたい二、三十秒ほどだった。互いの部屋がもうちょっと遠ければな、と思う。

水槽を、四〇六号室の靴脱ぎ場にいったん置いた。ぼくはリビングまで搬入するつもりでいたが、彼女は「ここまででいいです」と言う。

「でも、一人で運ぶのは、重くないですか」

「いいえ。そんなに有末さんに力を使わせたら気の毒です。あとは水槽の底に新聞紙でも敷いて、滑らせてリビングまで入れますから大丈夫」

「……分かりました」

今度は彼女のリビングで一緒の時間をちょっと過ごせるのではないか。そう期待していたので、ぼくは落胆した。そんな内心を押し隠し、蟻に向かって手を振ってみせる。

「じゃ、元気でな」

このつまらないリアクションで希理子が白けてしまったらどうしようかと心配だったが、幸い、彼女は蟻の代わりになって、笑いながらぼくに手を振り返してくれた。

3

ふと異臭を嗅いだような気がしたのは、ベランダに出て洗濯ものを干しているときだった。

ぼくは足元を見渡した。以前、カラスがモグラの死骸を咥《くわ》えてきて、ここに落としていったことがある。すっかり腐乱していたから、それが放つ臭いときたら、いまでも思い出すたびに吐き気が込み上げてくるほどだ。

だが、モグラにしても別の生き物にしても、死骸らしきものは、いまは見当たらない。すると、このかすかな異臭は、幾つかこびりついている鳩の糞《ふん》のせいか。

デッキブラシを使ってベランダを簡単に掃除してから、部屋に戻った。

耳を澄まし、四〇六号室の気配を窺《うかが》ってみる。

希理子に蟻を貸したのが六月一日。今日はもう六日なのだが、あれから彼女の姿を見かけることはなかった。

そのとき、また足元に揺れを感じた。

――《一週間ぐらい経ってから、本震並みの余震が起きるケースもある》

先週の土曜日に見たワイドショーで聞いた言葉は、まだ記憶に残っていた。そのとおりになった。本震からほぼ一週間後に大きな余震が発生したわけだ。

ベランダの手摺《てす》りに掴《つか》まりながら、揺れが収まるのをじっと待った。

ほどなくしてすべての物音は止《や》んだが、まだ視界が左右にローリングしている。

その感覚的な揺れも消えてから、ぼくは動いた。靴を履き、玄関のドアを開ける。

向かう先はもちろん隣の四〇六号室だ。正直なところ、この余震はありがたかった。希理子に声をかける格好の口実になる。

チャイムを押した。

返事はなかった。

もう一度押してしばらく待ったが、結果は同じだ。

ドアの隙間に口を近づける。そこから「粂さん」と声を投げ入れるつもりだった。

しかし、ぼくはいったん近づけた口をすぐに引っ込めていた。

先ほどベランダでふと嗅いだ異臭。それが、今度はいっそう強く鼻腔に流れ込んできたせいだ。

ほとんど無意識のうちに、ぼくはドアレバーに手をかけていた。

今日も、それは抵抗なく押し下げることができた。

「隣の有末ですっ。入りますっ」

鼻の下に衣服の袖を当てながら、リビングに踏み込んだ。

最初に目に入ったのは水槽だった。

それが横に倒されている。蓋は外されていた。そのせいで、パーライトが少し床にこぼれている。

そして——床の上では蟻が這い回っていた。目勘定でざっと二、三百匹。たぶん飼っているすべての蟻が、倒れた水槽の中から外に出てしまっている。

蟻たちは、ほぼ一箇所に群がっていた。見ると、その黒い塊の下では、白い粉末が散らばったままになっている。そう、本震のあった日に茶簞笥から落ちた瓶の中身が、まだそこに残っているのだった。

そのありさまを目にし、思い出された希理子の台詞《せりふ》があった。

——わたし、ずぼらなんです。

その希理子は、固まった蟻たちから少し離れた位置で、床に倒れていた。

もう一つ、また思い出された希理子の言葉があった。彼女は真顔でこう言ったはずだ。

――もし水槽がひっくり返って、この蟻が全部ぱあっと部屋の中に逃げ出したりしたら、ショックで死んじゃうかも。

死。そのとおりになっていた。

胸も腹も上下していないようだ。もっと近くで呼吸の有無を確かめようとも思ったが、結局は止めておいた。彼女がいまどういう状態にあるのかは、いまこのリビングを満たしている異常な臭いが、何よりも明瞭に物語っている。

4

六月中旬からぼくの新たな住まいとなった学生専用マンションは、隙間風のせいで妙な音が絶えなかった。前の住まいよりましになった点と言えば、単なるドアチャイムだったものがモニター付きのインタホンに変わった点ぐらいだ。

だが、引っ越したことを悔やみはしなかった。どう考えても、元のマンションにはもう住む気にはなれない。

そろそろ始まる期末試験に備え、少しは復習でもしておくか。そう思って教科書を机の上に出したとき、インタホンが鳴った。

四角いモニターに映っているのは初めて見る男だった。髭を生やしているが、厳《いか》ついという印象は受けない。

希理子が死亡した件で知り合いになった刑事の一人だろうか。そう思って、県警本部や所轄署にいる警察官たちの顔を思い出すことに努めたが、やはりこの男を見たという記憶には行き当たらなかった。

「どなたですか」

《先日ご連絡を差し上げた＊＊と申します》

男が名乗った名字は平凡だった。思い出した。たしかに先日、この声で「会いたい」という依頼を電話で受けていたのだ。

「ああ、週刊誌の記者さんでしたね。どうぞ」

髭の記者を室内に招き入れた。歳《とし》は五十前後か。

――粂希理子さんが死亡した事件について、お話を伺えませんか。

そんな内容だった電話の声はやや落ち着きを欠いていたので、もっと若い男を想像していたのだが。

「このたびは取材に応じていただき感謝いたします」

座布団に正座した記者は、菓子折りを差し出してきたあと、丁寧に辞儀をした。

「こちらこそ」

ぼくも相手に頭を下げる。

あれから半月ほど希理子の死について考え続け、自分なりに到達した一つの考えがあった。熟慮の末、その考えを世間に公表しようと決意したとき、たまたまこの記者から連絡を受けたのだった。

「記者さんは」受け取った名刺に目を落としながらぼくは言った。「どんな記事をお書きになるんですか」

「いわゆる事件ものが専門です。変死体が見つかった現場には、たいてい顔を出しています。殺人だけでなく、強盗、傷害、薬物なんかも追いかけますね。そんなことばかりしているせいか、性格が暗いとよく言われますよ」

そう答えて自嘲の笑いを漏らしたあと、記者は意外そうな表情をしてみせた。

こっちの顔に何かついているんですか？　そう問いかける視線を向けてやったところ、記者は頭を掻《か》いた。

「いいえ、こんなことを言っては本当に失礼ですが、有末さんの人物像として、もっとオタクっぽいというか、内気な人を想像していましたので」

「異性とまともに話せないような？」

「ええ。ですが、受け答えがずいぶんしっかりしていらっしゃるので、ちょっと予想外でした」

「その想像は間違いではありませんよ。女性と話すのは苦手なんです。同性なら別ですけどね」

「分かりました。ああ、男でよかったな」

記者は、自ら口にした軽い冗談にまた自分で笑ってみせたが、こっちがくすりともしないでいると、すぐに表情を引き締めて居住まいを正した。

「さっそくですが、希理子さんの死について、幾つか確認したいことがあります。わたしが把握している情報を申し上げますので、お手数ながら、違っていたら違うとはっきり指摘していただけると幸いです」

「いいですよ。でも黙っていたかったら？」

「もちろん、何もおっしゃらなくてけっこうです」

「分かりました」

そう答えて、ぼくはテーブルの上から小さなゴミを摘み上げた。

「では始めます」記者はメモ帳を開いた。「司法解剖の結果、希理子さんが亡くなったのは六月二日とみられていますね」

ぼくもそう聞いている。

「警察は希理子さんの死を『心不全』とだけ公表しています。しかし何が原因で心不全を招いたのかがはっきりしない。警察は、ある事情があって、詳しい情報の公開を控えているようです。――ちょっとお訊きしますが、この点については、どう思われますか」

ぼくは首を縦にも横にも振らず、ただ黙っていた。

記者は小さく頷き、軽く唇を舐めた。

「了解です。では、あの日に起きたことを順を追って再現してみます。希理子さんは、生き物を飼いたがっていた。そこで練習というか慣れるために、隣室のあなたが飼育していた蟻に目をつけ、それを借りることにした。――有末さんの認識も、こういう流れで間違いありませんか」

「ノーコメントです」

「分かりました。次です。希理子さんは二、三百四もの蟻が入った水槽を、途中から一人で自室のリビングへ運び込もうとした。その際、水槽の底に新聞紙を敷いて、それを引っ張るという方法を取った。だが、リビングに到着したとき、誤ってひっくり返してしまった」

こっちの顔を窺った記者に、ぼくはまた無言で応じた。

「次です。ひっくり返ったせいで、水槽の蓋が外れた。そこから蟻がいっせいに外に出た。小さい頃に観た映画のせいで蟻の群れを怖がっていた希理子さんは、それを見てショックのあまり体調を崩した。そして六月二日になって死亡した」

「ノーコメント」

「いいでしょう」

そう言いながらも、記者の表情には、ちらりと敵意のようなものが垣間見えた。

「次にいきます。もう一人の事件関係者であるあなた――有末鎮《まもる》さんは、実は以前から希理子さんに好意を抱いていた」

ぼくは、またテーブル上の小さなゴミを摘み取る仕草をしてから、口を開いた。

「そのとおりです」

「そして何度か、希理子さんが無施錠で外出したとき、彼女の部屋である四〇六号室に無断で入り込んだことがあった」

「そのとおりです」

一転、あまりにすんなり認めたせいだろう、ひょいと眉毛を上げた記者は、どこか疑うような目をしていた。

「この部分は記事に書いてもいいですね」

「どうぞ」

不法侵入の件は、警察にも正直に打ち明けていた。結局、被害者が死亡しているために不問に付されたが、せめてもの罪滅ぼしに世間に公表してもらおう。大学からは停学か退学を言い渡されるかもしれないが、覚悟の上でそう肚《はら》を決めている。

一矢《いっし》報いたことで記者の顔からは敵意が消えた。とはいえ、ノーコメントとの返事が多すぎて、記事が成立する見込みは立たないのだろう。彼が頭を掻く手の動きには、苛立《いらだ》ちがはっきりと見て取れる。

ぼくは再度、テーブルの上からゴミを指先で拾い上げた。

その仕草に、記者はようやく気づいたらしく、メモ帳から顔を上げた。

「さっきから、ずいぶんテーブルの上を気になさいますね」

「これは希理子さんの真似ですよ」

「……と言いますと?」

「六月一日の朝、ぼくの部屋に来たとき、彼女はずっとこんなふうにしていました」

「ほう……。こう言ってはなんですが、希理子さんという人は、ずいぶん落ち着きがないというか、細かいことが気になる性格だったんですかね?」

「どうでしょう。——ところで、彼女が亡くなっていた現場をご覧になりましたか」

「一応は。写真でですが」

それが記者の返事だった。変死体が見つかった現場にいつも出入りしていれば、警察官の知り合いが何人もできるだろうから、そのうちの誰かに頼んで、こっそり捜査資料を見せてもらったのかもしれない。

「では、あの現場について、おかしいところに気づきませんでしたか」

記者は首を捻った。

「砂糖の粉末が床に散らばっていたでしょう」

「ええ、たしかに。でも、それが何か?」

「地震のせいで茶簞笥から小瓶が落ちて、ああいう具合になったんです。その地震が起きた月日を覚えていますか。余震ではなく本震の方です」

「覚えてますよ。五月三十一日でしたね」

そう答えたあと、ははあ、と記者は呟いた。ぼくが何を言いたいのか分かったようだ。

「たしかにおかしいですね。希理子さんが亡くなったのは六月二日。その現場には、五月末日に散らばった砂糖がまだ残っていた。つまり彼女は砂糖の掃除や始末をせず、亡くなるまでほったらかしにしていた、ということですね」

「そうです。では、どうして始末しなかったと思いますか」

記者は、さっきとは反対の方向へ首を捻る。

ぼくはまたテーブル上のゴミを指先で摘んでから言った。

「希理子さんは、自分の性格を『ずぼら』だと言っていました。たしかに、彼女の部屋に忍び込んだとき、流しに洗い物が溜まっていたのを見て、ぼくも、そのような印象を受けました。だから性格上、掃除を面倒くさがって放っておいたのかもしれませんね」

「しかし、床に砂糖ですよ。そんなものが目に入ったら、誰だって気になってしかたがないはずです。何かよっぽどの理由がなければ、放っておくというのは考えられません。それに、そこまでずぼらな人なら、どうしてテーブルの細かいゴミをマメに拾ったりするんでしょう？　矛盾していませんか」

「そうです。問題はそこなんです。ずぼらな人が、あるときは異常にマメになる。どうしたら、そんなことが起きると思いますか」

「ええと、そんなことが起きるのは……」

それが考えるときの癖なのか、記者は上の歯で下唇をぎゅっと噛《か》んだ。

ほどなくして、彼は前歯をぱっと持ち上げた。歯形を唇に残したまま、記者は勢い込んで言った。

「薬物をやったときじゃないでしょうかね。例えば――シャブを」

そうなのだ。小さいゴミや埃《ほこり》を異常に気にする。これはシャブ、すなわち覚せい剤中毒者の典型的な特徴だ。

地震のせいで茶簞笥から落ちた二つの小瓶。うち一つに入っていたものは、この舌で舐めて確かめたのだから、粉砂糖だったと断言できる。

だが、もう一方、ぼくが舐めなかった方の瓶に入っていたのは、砂糖ではなく別の粉末だったのではないか。例えば、覚せい剤だ。

その両者が、床で混じり合ってしまった。

帰宅してそれを見た希理子は「ああっ！」と思わず絶望の声を上げた。無理もない。覚せい剤の末端価格は、少量でもかなりの額になるのだから。

みすみす捨てるには惜しすぎる。そう思った希理子は、散らばった粉末をそのままにし、一晩考え続けた。粉砂糖と覚せい剤をきっちり分離する方法は何かないものか、と。

ぼくがそこまで説明したところで、

「そこで希理子さんの頭に閃《ひらめ》いたのが」

記者が言葉を引き取った。

「有末さんが飼っている小さなペットたちを利用する方法だった」

そういうことだ。

——床に大量の蟻を放せば、彼らは砂糖の粒だけを選んで巣に運び、覚せい剤だけをその場に残してくれるのではないか。

そう期待して彼女は、自分から水槽をひっくり返し、蟻たちを床の粉末に這わせたのだろう。すると本当の死因はどうなるか。

虫のせいでショック死というのは、常識的に考えにくい。おそらく、蟻たちに選別作業をさせている間、希理子は我慢ができず、粉砂糖混じりの覚せい剤を使った。それが原因ではないかと思う。

彼女の父親は現役の警察官だ。はっきりとした死因が公表されないのは、県警が身内の不祥事を隠蔽《いんぺい》しようと目論《もくろ》んでいるからだろう。

「有末さん、あなたの推理を記事にさせてもらってもいいですよね」

そっちが何と言おうとしますよ。そんな意気込みが記者の目には強く宿っていた。

「かまいません。ただし、一つ交換条件があります」

「何ですか」

「これについてのエピソードも、かならず書き添えてください」

「これ、とおっしゃいますと?」

「これです」

たしかに希理子は、自分の命を粗末にした薬物常用者だったかもしれない。だが、他の小さな命を大切にした一人の人間でもあったのだ。
そう確信しながら、ぼくはテーブルに一本の牛乳瓶を置いた。

巻き添え

1

直前の授業で何かの実験をやったらしく、理科室には嫌な臭《にお》いがこもっていた。

わたしは全部の窓を開けて回った。

そうしてから、黒板に最も近い机に陣取る。

念のため、受け持っている生徒一人一人の情報がファイルされた資料を持参していたが、彼らの家庭環境については一通り頭に入っていた。だからこれを読み返す必要はない。

とはいえ、三者面談の時刻になるまで、これといってすることもなかったため、結局はファイルを開いた。

綾部《あやべ》玲児《れいじ》。彼とその母親が今日の相手だった。

母子家庭だ。父親は、玲児が中学生のときに病死している。

母親の名前は千佳子《ちかこ》という。現在は四十九歳。

数年前まで、彼女は市内の高校で教師をしていたらしい。つまり、わたしとは同業者だったわけだ。現在は、小学生を対象にした学習塾を経営しているようだ。

面談の開始時刻は午後四時だ。もう何分か過ぎているが、綾部親子はまだ姿を見せない。

ぼんやり待ち続けていると、楽器の音が聞こえてきた。クラリネットだ。

近くの音楽室からだった。吹奏楽部の練習が始まったようだ。

わたしは立ち上がり、もう一度窓辺に向かった。音楽室は、中庭を挟《はさ》んだ斜めの位置に見えている。

音楽室の中に、いづみの姿を探した。

わたしが高校生のころ、ある同級生の親が同じ学校で教師をしていた。

学校で親と、あるいは子と、ときどき顔を合わせるというのは、どんな気分だろうと思ったものだ。

将来の自分が、それと同じ境遇になろうとは予想もしなかった。

やがてドアがノックされ、玲児と千佳子が入ってきた。

わたしは黒板に一番近い机に戻った。

丸いスツールを指し示し、座るよう親子に促す。

吊り上がり気味の細い目に尖《とが》った顎。母親だから当然と言えば当然なのだが、千佳子は息子によく似ていた。

簡単な挨拶を終えてから、わたしは彼女に向かって切り出した。

「まず、息子さんの生活態度について、問題点をお母さんにご報告しておきましょう。玲児くんはときどき、いや頻繁《ひんぱん》に遅刻をします」

「申し訳ありません」

言葉とは裏腹に、千佳子の物腰には、それほど悪びれた様子はなかった。

「息子さんの遅刻癖を、お母さんはご存じでしたか」

「もちろん知っています」

玲児はじっとわたしに視線を向けてくる。睨《にら》んでいる、と言った方が正確かもしれない。そして、こちらが睨み返しても目を逸《そ》らしたりはしなかった。

この生徒は、どこか異常だ……。

「先月は五回も遅刻しています」

「五回？　一回少なくありませんか」

そう応じて、千佳子は膝に置いていたハンドバッグからスマホを取り出した。

長い指を画面に滑らせながら言う。

「四日、十日、十六日、二十三日、二十六日、三十一日。ほら、合計六回ですよ」

千佳子がスマホをテーブルの上に置いたので、画面がわたしの視界にも入った。

無料通信アプリを使い、

《今日も遅刻しそう》

玲児が送信したそのメッセージに、千佳子はこう返信していた。

《してもいいから車に気をつけて》

千佳子が左手に嵌《は》めた腕時計は、文字盤の周囲に小粒ながら宝石がいくつか埋め込まれていた。一方、着ているワンピースはそれほど値の張りそうなものには見えない。持ち物や服装からは、綾部家の経済状態がどうなのか、いま一つ窺《うかが》いしれなかった。

だが肩書は塾の「経営者」だから、それほど悪くはないのだろう。何より、経済的にひっ迫すると、子供にそそぐ愛情も多かれ少なかれ削られてしまうものだが、千佳子にはそうした部分が見られない。

「おやおや。これはまた、ずいぶんお子さんと緊密に連絡を取り合っているようですね。驚きましたよ」

千佳子の落ち着き払った態度に腹が立ったせいで、どうしても嫌味を含んだもの言いになってしまった。

「ええ。玲児がほんの小さいころから、言い聞かせているんです。どんなことでもわたしに相談しなさい、と」

その教えを、息子は十七歳になったいまでも忠実に守っているようだった。

わたしはといえば、いづみにはスマホを持たせていない。それが娘を安全に育てる大きな秘訣だと信じてきた。だが……。

もしかしたら自分はいまどき頭が固すぎるのか。綾部親子を見ていると、教育方針についての自信がやや揺らいでしまう。

「どんなことでもですか」

「ええ」

「本当に？　たとえば、玲児くんにはガールフレンドといいますか、まあ恋人ですね。そういう女性はいるんですか」

「つまり、交際している女子生徒ということですよね。――ええ、いますよ」

「ほう。誰です」

「ママ、言わないでね」

ママ――玲児が母親に対して使う呼称を初めて知った。いや、そんなことよりも、珍しく彼が動揺した素振りを見せたことに、わたしは少し驚いた。

「息子がそう言っていますので」

千佳子は口にチャックをするふりをする。だが、いくらおどけた仕草とはいえ、その程度のアクション一つでは、場の雰囲気が和らぎはしなかった。

わたしは空咳《からぜき》を一つ挟んだ。

「遅刻に話を戻しますと、わたしが何度注意しても直りません。失礼ですが、お母さんの方では、玲児くんにどのような教育をなさっているんですか」

「あなたは時間を守れる子だ。そう言い聞かせていますよ、いつも」

「ほう」

語尾を上げることで、もっと説明を加えるよう促した。

「徳本《とくもと》先生、先生も教育者ですから、もちろんレッテル効果をご存じでしょう?」

「レッテル効果、ですか」

何となく聞いた覚えはあるが、解説してみろと言われれば無理だ。

「知りません」

そう正直に答えるしかなかった。

「ではお教えしましょう。遅刻の多い生徒をたしなめたいときは、遅刻することがいかに他の生徒に迷惑をかけているのかを説明するより、ことあるごとに『きみは時間を守れる生徒だよ』と言ってやる方が、ずっと効果的なんです」

そういうレッテルを貼ってやると、人間は貼られたレッテルと一致するような行動をするようになっていくものです。「あなたは勉強が好きなのね」と母親に言われて育った子は、全然そんなことはなかったのに、次第に勉強好きな大人になっていくでしょう。そのように、わたしたちは、他人に貼られたレッテル通りの人間になってしまうものなんです――。

それが千佳子の説明だった。

かなりの理屈屋。学はあるが、息子に注ぐ愛情は、強すぎてどこか歪《ゆが》んでいる。

面談が始まってからまださほど時間が経《た》っていないが、わたしには千佳子という母親の人物像がだいたいはっきりと見えたような気がしていた。

「なるほど。勉強になりました。ところで」

わたしはもう一度空咳をした。喉《のど》がぴりっと痛む。

「玲児くんの問題はもう一つあります。どうも、かっとなりやすいんです。実は先日も、ほかの男子生徒と大喧嘩をしましてね。わたしもその現場を目撃しました」

「先生、あれは向こうが悪い」

「ええ、それも知っています」

親子が口を開き、言い終えるまでのタイミングが、ぴったりと重なった。

「この点も、ご家庭での十分な注意を願いたいものですね」

かっとなりやすい。いまそのような言葉を選んだが、これはだいぶ甘めの表現だった。実際は、喧嘩の相手を殺しかねない勢いだったのだ。敵対した男子生徒の首を絞めた玲児の目には、あきらかに殺意が宿っていた。

彼の本性はかなり狂暴だ。できることなら担任をすぐにでもやめたい相手だ。でなければ、早晩とんでもないトラブルに巻き込まれてしまいそうな気がする……。

予定の四十分間は、あっという間に過ぎた。

これが「毒気に当てられる」という現象だろうか、綾部親子を廊下へ送り出したときには、何かどす黒いものが自分の体内に溜まってしまったような気がしていた。

面談は一日に三組の予定だ。次の親子が来るまでにまだ少し時間がある。

わたしは窓辺に近寄り、いづみが奏でるクラリネットの音色に耳を傾けた。そうして、少しでも気持ちを浄化《じょうか》しようとしたが、あまり効果はなかった。

考えてみれば、それも当然か。わたしと娘との関係も、かなりぎくしゃくしているのだから……。

2

いい加減にスマホを買ってくれないか。いづみにまたそう持ち掛けられたのは、日曜日の午前中だった。

「クラスで持っていないのは、あたしだけなんだよ」

「そうだな」わたしはそれまで読んでいた雑誌をテーブルに置き、腕を組んだ。「宝くじに当たったら、考えてやってもいいぞ」

いづみは鼻を鳴らした。ふっくらとした頬が真っ赤に染まる。

「あのね、ドリームジャンボでもサマージャンボでもいいけど、一等前後賞が当たる確率はどれぐらいか知ってるの？」

五百万分の一だ。知っているが、娘を試すために、さあねと首を捻《ひね》った。

「呆《あき》れる。それでも数学の教師？　五百万分の一だよ」

どこで仕入れた知識だろうか。とりあえず、それほど無知ではないことにほっとする。

「そんなの、当たるわけないでしょ」

「いや、当たるってことだろ、五百万分の一の確率で」

「もういい。いまから出かける。夕方までには帰って来るから」

「どこで何をしてくるつもりだ」

「関係ないでしょ」

「あるぞ。言いなさい」

「友達と食事」

友達って誰だ。そう訊《き》こうとする前に、いづみの姿はわたしの前から消えていた。

いつの間にか台所に移動したようだ。そこで洗い物をしている清枝《きよえ》と、何やらごそごそ話し始めている。

清枝は、自分のスマホをいづみにこっそり貸してやったようだった。

いづみは清枝の連れ子だ。

こちらにしてみれば、実の娘ではないから、わたしはいづみに甘くなることを、自らに戒《いまし》めていた。その反動だろうか、近ごろでは清枝がいづみに対して妙に遠慮する態度を取るようになってしまった。

窓越しに聞こえてきた物音で、いづみが自転車に乗って出ていったのが分かった。

「スマホを貸してやっただろ」

リビングから清枝に声をかけると、彼女が台所から出てきた。

「ええ。だって……」

夫婦喧嘩になりそうな気配。それを警戒したか、清枝は身構えている。

「何か困ったことがあったら、すぐ家に連絡できないといけないじゃない」

「いづみは、友達と食事をすると言っていた。相手は誰か知っているな」

「ええ。彼氏とよ」

「やっぱりか」

男と付き合っているだろうことは、何となく察知していた。

「名前を聞いているか」

「そこまでは」清枝は首を振ってから付け加えた。「でも……」

「でも、何だ」

「もうその人と交際するのを止《や》めたいんだって」

「どうしてだ」

「相手の嫌な部分が見えてきたから。そう言ってた」

「嫌な部分て、どんなだ」

「さあ。だけど、その彼氏との付き合いでは、だいぶ悩んでいたみたいよ」

もういい、とばかりに無言で清枝に背を向け、わたしは自分のスマホを取り出した。

追跡アプリを起動させる。これを使えば、清枝のスマホをトラッキングできるようになっている。

いま画面に表示された地図の中では、小さな丸いマークが青く点滅していた。これがすなわち、現在いづみがいる場所だ。

どうやら娘は駅ビルに向かったようだった。

「おれもちょっと出かけるぞ」

「どこへ?」

「そのへんの書店だよ。立ち読みでもしてくる」

いい加減な返事をし、リビングを出た。玄関口のコート掛けからキャップをひっつかみ、車に乗り込む。

駅ビルの駐車場までは、車ならわずか五分程度の距離だ。

キャップを目深《まぶか》に被《かぶ》り、グローブボックスを開ける。その中にあった花粉対策用のマスクを着用してから車を降りた。

駅ビルの中へ入る。

探偵まがいに娘の後をつけるとは……。

いったい自分は何をしているのだろうと思う。だが、今日はなぜか心配でならないのだ。今朝からいづみの態度にはどこか、何かを怖《おそ》れているようなところがあった。義理とはいえ父親だ。それぐらいの勘は働く。

そばについていてやらなければ。そんな気がしてならないのだ。

ばったり娘と鉢合わせなどしないよう、顔を俯《うつむ》きがちにして、しかし視線だけはそっと周囲に走らせつつエスカレーターに乗った。

「食事をする」といづみは言っていた。それが本当なら、飲食店が入っている最上階にいるはずだ。

異変を察知したのは、乗ったエスカレーターが三階から四階に向かう途中だった。

何やら周囲が騒がしい。近くで火事でもあったのだろうか。ビル内の客の何人かが、ばたばたと窓際へ向かって走って行く。

救急車の音が遠くから聞こえてきたような気もした。

嫌な予感がして、わたしは上着の内ポケットからスマホを取り出した。四階でエスカレーターを降り、清枝の携帯番号を呼び出す。

何度コール音を聞いても、応答はなかった。

四階でも、窓際に客が固まっていた。彼らはガラスに額を押し付けるようにして、下へ視線を向けながら興奮気味に喋《しゃべ》っている。

外で何かが起きたことは間違いないようだ。

息苦しくなり、わたしは服の襟元を引っ張った。

――だいぶ悩んでいたみたいよ。

先ほど清枝が口にした言葉が、いま頭の中でしつこくリフレインしている。

半ば無意識のうちに、階段を駆け下り、一階へと向かっていた。

外に出た。

ビルの入口前に大きな人だかりができている。

――屋上から飛び降り自殺だって。

誰かが口にした、そんな言葉が耳に飛び込んできた。

人だかりの向こう側に何があるのか知りたかった。ところが目の前にはやたら上背のある男たちが立ち塞《ふさ》がっている。

背伸びをしても無理だ。ジャンプをして、ようやく前方がちらりと見えた。

誰かが歩道の上に倒れている。

二度目のジャンプで、その人物が若い女だと分かった。

三度目で、女の顔がはっきりと見えた。

四度目のジャンプはしなかった。できなかったのだ。両足から力という力が一瞬にして抜けてしまったために。

ふっくらとした輪郭。いま目にした女性の頬は、いづみのそれと寸分違わぬカーブを描いていた。

飛び降り自殺だって。また同じ言葉を、わたしの近くで囁《ささや》いた人がいた。

3

葬儀は水曜日の午後に執り行われた。

しのつく雨の中、わたしが勤務する学校の校長も会場に姿を見せた。

僧侶の読経《どきょう》を聞いている最中はずっと目をつぶっていた。

読経が終わり、わたしは顔を上げた。

遺影の中で、いづみは表情を失っている。せめて、ちらりとでもいいから歯を見せている写真を使えばよかった。

その顔が、徐々にぼやけていった。

丸みを帯びた頬の輪郭が徐々に萎《しぼ》んでいき、逆三角形のそれへと変わっていく。

やがて、いづみの面影は完全に消え、代わってそこには、別の女性の顔が浮かび上がった。

吊り上がり気味の細い目に尖った顎――。遺影は綾部玲児の母、千佳子のものだった。

どうしたことだと訝《いぶか》りつつ、わたしは目を強く擦《こす》った。瞬《まばた》きも何回か重ねた。

だが、もう千佳子の顔が別人のそれに変わることはなかった。

いづみに見えていたのは幻覚だったのだ。

気づいてみれば、いまわたしは、喪主の席にいるのではなかった。そうではなく、弔問客用の席で、隅っこの方に小さくなって座っているに過ぎない。

遺族の席に見えているのは、息子の玲児の顔だ。

そう、わたしはなぜかこの場を、いづみの葬儀であるかのように錯覚していた。

これは間違いなく綾部千佳子の葬儀だというのに……。

先の日曜日、駅ビルの屋上から落ちたのは、間違いなくわたしの娘、いづみだった。だが彼女はまだ生きているのだ。現在もまだ、意識不明のまま病院のベッドで昏睡し続けているが、娘の心臓は間違いなく鼓動を続けている。

千佳子の葬儀が終わった。

校長のほかに、学校からは授業に支障のない教職員たちが参列していた。彼らが固まって帰っていく。だが、誰もこちらに顔を向けるものはいなかった。みんな、わたしの前では遠慮がちに目を伏せて通り過ぎていくだけだ。

いや、わたしに向かって、つかつかと近寄ってきた人物が一人だけいた。弔問客たちを見送ったあとの遺族たちの中に、だ。

体格のいい男だった。わたしは彼に詰め寄られ、たまらず一歩退いた。

すかさず相手も一歩近づいてくる。

その繰り返しで、壁際まで追い込まれた。

この男も玲児と同じように、顔が死んだ千佳子にそっくりだった。千佳子よりは若いように見えるから、たぶん彼女の弟だろう。だとしたら玲児の叔父ということだ。

「徳本さん。あんた、よくのこのこ来られたな」

男の押し殺した声に、わたしは黙って頭を下げた。

「それだけかよ」

わたしはもっと頭の位置を低くした。

「それだけかよ」

玲児の叔父は、わたしに土下座を要求しているらしかった。

当然、そのぐらいのことをしなければと思った。

彼の姉は、わたしの娘によって命を奪われたのだから。

あの日曜日、人込みの中でジャンプをしながら、飛び降りた人物がいづみであることを確認した。しかし、娘の体と重なる形で、その下にもう一人、別の人間がいたことには、すぐには気づかなかった。

それを知ったのは、救急車が現場に到着し、人だかりがようやく崩れてからだ。

駅ビル屋上から、いづみは地面に落ちたのではない。

人の上に落ちてしまったのだ。

俯《うつぶ》せの姿勢だったため、いづみの下敷きになった人物の顔は、よく見えなかった。

ただ、その人物が左手に嵌めた腕時計だけは目に入った。文字盤の周りに埋め込まれた小さな宝石が細かい煌《きら》めきを放っていた。それが少し遠い位置からでもはっきりと分かった。

「何とお詫びをしていいか……」

そう呟《つぶや》いて、わたしが廊下に膝をつこうとしたとき、

「まあまあ、およしなさい」

遺族の中から年配の男性が出てきて、止めに入ってくれた。彼はわたしの体を起こしながら囁いた。「早く帰った方がいい」

わたしはもう一度千佳子の遺族たちに向かって頭を下げ、その場から立ち去った。

玲児は青白い顔で、私の方へ刺すような視線を向けていた。

4

ベッド横に置かれたスツールに腰を下ろし、眠り続ける娘を見下ろした。

枕元には、いづみのクラスメイトが送ってきた寄せ書きが立てかけてある。

『待っているからね』

『早く元気になって』

『みんな応援してるよ』

どの文字も、実にそらぞらしい。人を死なせた娘に、本心からそのような声をかけてくれる生徒はいないだろう。クラスメイトという言葉は友情とイコールではない。彼らは、学校の都合で同じ教室に押し込まれただけの関係に過ぎないのだ。

巻き添え。

あの日曜日以来、何度もこの言葉が頭に浮かんでならなかった。

巻き添えになったのは、千佳子だけではない。

妻の連れ子がとんでもないことをしたせいで、おれまで苦境に立たされている。

――これもとんだ巻き添えじゃないか……。

そういう思いが心の中心に巣食ったまま、いっこうに消える気配がない。

事故が起きてから、もう半月になる。早くて長い十五日間だった。

見舞いが許されるようになってからは一週間だ。

午後二時の面会時間になっても、学校の生徒たちはまだ授業を受けているわけだから、この病室は静かだ。

しばらくは娘の静かな呼吸音だけを聞いて、何をやるともなく過ごすことになる。

夕方になってから、いづみのクラスの女子生徒が二人、病室に顔を見せた。いまのところ毎日何人かずつ、こうして見舞いに訪れている。

女子生徒たちは横に並んで腰を折り曲げ、いづみの顔を覗《のぞ》き込むようにした。

「話しかけてもいいですか」

「ああ。そうしてくれるとありがたい。ちゃんと聞こえているはずだから」

「いづみさん、こんにちは」

彼女たちの反対側に立ち、わたしはいづみの手を握った。そして、

《みんな、こんにちは》

そう口にしてやると、女子生徒たちは怪訝な表情をこちらに向けてきた。

「いづみがいま、そう返事したんだよ。手を握ってやれば、微妙な筋肉の動きで、娘が言って

いることが分かるんだ」

「そうなんですね。――いまの気分はどう?」

《まあまあかな》

「学校の授業は心配しなくていいからね。遅れた分は、あとで教えるから」

《無理しなくていいよ。でもありがとう》

そんなふうに、女子生徒の話しかける言葉に対して、わたしはいづみの代わりに答えていった。

彼女たちが帰る前に、わたしは「もしかして、知っているかな」と訊いてみた。

「何をですか」

「いづみの好きな男子のタイプを」

二人は顔を見合わせた。にやついているわけではないから、知らないのだろう。

彼女たちの口から返ってきたのは、「嫌いなタイプなら聞いたことがありますけど」という言葉だった。

「ほう。教えてもらえるか」

「マザコン男って言ってました」

どう反応していいか咄嗟《とっさ》には分からず、わたしは「ほう」と繰り返していた。

「あの、徳本先生、わたしたちにも教えてもらえますか」

「何をだい」

「意識が戻ったら、逮捕されちゃうんですか。いづみさんは」

飛び降り自殺を図り、巻き添えで人を死なせてしまうという事故は過去に何件も起きている。そのうち数年前にあった事例では、自殺企図者が被疑者死亡の状態で送検されていた。近いうちに捜査の手が入るのではないか。実のところ、わたしはそう覚悟をしていた。だが、いまのところは、この問題については、まだ警察の訪問を受けてはいない。

「どうだろうな」

わたしにできるのは、そんな曖昧な言葉を口にしながら弱く首を振ることだけだった。

女子生徒たちが出て行ったあと、わたしはまたベッドの娘を見下ろした。

「いづみ……」

いっそ死んでしまうのがいいのか。

それとも、このまま何も知らずに眠り続けるべきか。

あるいは、少しでも意識を取り戻すのがいいのか。そして自分が人を巻き添えにして死なせたことを知るのが……。

娘にとって、どれが最も幸せなのだろう。

それは分からない。

ただ一つ確かなことがある。いづみにとって不幸なのは、親に回復を信じてもらえないことだ。

――微妙な筋肉の動きで、娘が言っていることが分かる。

見舞いにきた生徒たちにはそう教えてきたが、これはまったくの嘘だった。

いくら言葉をかけても、いづみの筋肉は少しも動きはしない。

反応すると言ったのは一種の「レッテル効果」で、そのようにいづみを扱ってやれば、いずれ彼女が回復すると願ってのことだった。

5

病院の面会時間は午後からだ。しかし、いづみの場合は、「家族の付き添いが必要」と医師が判断したため、わたしと清枝は午前中から病室に出入りすることが許されていた。

学校での仕事については、当分の間、休職扱いになっている。

わたしは手洗いに立った。

いづみの病室に戻ってくると、病室の前に人影があった。

わたしと同年配の男だった。目が合う。

相手がつかつかと寄って来る。

反射的にわたしは背を向け、この男から逃げていた。

男の顔には見覚えがあった。千佳子の葬儀でわたしに詰め寄ってきた玲児の叔父。彼に違いなかった。

前回にもまして、彼は険《けわ》しい表情をしていた。身の危険を感じるなという方が無理だ。

病院の廊下を走った。

男も追いかけてくる。

毎日いづみの病室からほとんど出ないわたしは、この病院の構造をまだ理解していなかった。

そのため簡単に廊下の端まで追い詰められてしまった。

前回のように、男は一歩ずつ距離を詰めてきた。

よく見ると、険しいというより歪んだ表情をしている。あれからさらに恨みを募《つの》らせたのか。

わたしはとっさに男の衣服に視線を走らせていた。ポケットに不自然な膨《ふく》らみはないか。そこに凶器を隠し持っているのではないか。そう思ったからだが、相手の衣服に注意すべき点はないようだ。

それが分かって、少しだけ安心したとき、男の姿がふっと掻《か》き消えた。

いや消えたのではない。その場にしゃがみ込んだのだ。

しかも、ただしゃがんだわけではなく、廊下に膝をつき、そして手もつけている。

土下座をしているのだった。

「……徳本さん。申し訳ありません。先日の無礼をお許しください」

額まで廊下に接触させ、そう声を絞り出した。

そこは耳鼻科の前だった。広い廊下が待合室を兼ねていて、ソファとマガジンラックが置いてある。ソファには診療を待っている患者が数人座っていて、何ごとかとこちらへ視線を向けている。

わたしは訳がわからないまま、男に近づき、その肩に手をかけた。

とりあえず、上体を起こしてもらいながら訊いた。

「いったい、これはどういうことですか」

男は、え？　というように眉毛を持ち上げ、何度か瞬きをした。

「もしかして先生は、まだご存じないんですか」

どうやら世間で何か起きたらしいが、あいにくとわたしは、このところ新聞も読んでいなければテレビも見ていない。

知らないと応じたところ、男は廊下に置いてあったマガジンラックに手を伸ばした。

そこから彼がつかんだのは新聞だった。今日の朝刊らしい。開いてから畳み直し、わたしの方に差し出してくる。

受け取った。全国紙だ。彼が開いたのは社会面だった。

いくつかの記事が載っている。その一つに、わたしの目は吸い寄せられた。

見出しはけっこう大きいが、記事自体は長くない。その短い記事を素早く何度か読み返した。

やがて男が立ち上がり、またわたしに一礼してから、背中を向けた。

去っていく男の姿をぼんやりと見送ったあと、わたしは病室に戻った。

いづみの隣に腰掛ける。

そのとき初めて、自分の手がまだ新聞を持ったままであることに気づいた。

申し訳ないが、しばらく借りておくことにする。

いづみに向かって、ゆっくりと記事を読んで聞かせてやった。

懐のスマホがコール音を鳴らしたのは、そんなことをしている最中だった。

《徳本先生、今朝の新聞は読んだかね》

校長の声だ。普段からの悪声が、今日は輪をかけて酷《ひど》い。かなり憔悴《しょうすい》した様子であることは明らかだった。

「はい、たったいま」

《じゃあ、何が起きたかは知っているな》

「ええ」

《とんでもないことになった》

「そうですね」としか返事のしようがなかった。

《いま事実確認をしているところだ。また連絡する。マスコミが押しかけてきても、何も喋らないようにな》

「分かりました」

言い終える前に電話は切れた。

そのうち陽が西に傾き、時計の針は午後三時を回った。そろそろ今日も、生徒の誰かが見舞いに訪れるころだな。そんなふうに思っているそばから病室のドアが開いた。

姿を見せたのは、生徒ではなく清枝だった。

「ごめんなさい、遅くなって」

「いいよ。体調はどうだ」

熱を出した清枝は、ここ数日ばかり自宅で寝込んでいた。

「おかげさまで、だいぶよくなったみたい」

「ところで、今朝の新聞は読んだか」

持参したバッグからいづみの下着を取り出しつつ、清枝は「いいえ」と首を振った。清枝はわたしと違って、いづみの事件があった後もときどきニュースに接しているが、今朝はその時間がなかったようだ。

「宝くじで、一等前後賞が当たる確率はどれぐらいか知っているか」

「五百万分の一でしょ」

あの日わたしといづみが交わした会話を、彼女も耳に入れていたらしい。ほぼ即答だった。

「じゃあ、飛び降りて人にぶつかる確率はどのくらいだろう」

清枝の表情が険しくなった。替えの下着を畳む手つきが、やや乱暴なものになる。そんな話題を出すなと言っているようだ。

「人通りの多い場所で飛び降りたら、けっこう高い確率で人を巻き添えにしてしまうよな」

「でしょうね」

「だけど、飛び降りたのが自分の娘で、巻き添えになった人が教え子の母親だった、という確率はどれぐらいだと思う？」

清枝の手が止まった。

「宝くじほどではないだろうが、かなり低いはずだ。違うか？」

清枝は指を口元に当てた。考え込んでいる様子だ。「……まあ、そうかもね」

「思い返してみると、今回の事件は、偶然にしてはできすぎている」

「……何が言いたいの」

わたしは妻に新聞を渡してやった。

【＊市で高校二年の女子生徒が駅ビルから転落し、下の歩道にいた女性が巻き添えで死亡した事件で、昨日夜、男子高校生が＊警察署に自首し、女子生徒を突き落としたことを認めた】

社会面の最も目立つ位置に、そのような記事が掲載してある新聞を。

すっ、とかすかな音がした。清枝が思わず息を飲んだ音だった。

記事には名前こそ載っていないが、先ほど綾部家の男が土下座をしていった一件を思い起こせば、「男子高校生」が誰なのかは明らかだ。

「おれはずっと見舞いの生徒たちに嘘を言い続けてきた。こっちの言葉に、いづみの手がちゃんと反応するとな」

「たしかレッテル効果とか言っていたわね」

「ああ。おれの嘘は、見舞いにきた生徒の口から学校中に広まった。それを真に受けたんだ、その男子生徒は」

いづみには意識がある。ならばそのうち彼女の口から真実が語られる。もう逃げきれない。そう思って自首したのだろう。

そんなことを考えながら、わたしは娘の手を握り、静かに呼びかけた。
「いづみ」
《ん》
「彼氏がいたそうじゃないか」
《ちょっと、誰に聞いたの》
「相手は、おれが受け持っている綾部玲児だったんだな」
《……だからどうしたの》
「この前、見舞いの女子生徒から、おまえの嫌いなタイプを教えてもらった」
《また余計なことを詮索して》
「付き合っているうちに、玲児がそのタイプ——マザコンそのものだとおまえは気づいた」
《やめてよ、探偵の真似なんか》
「玲児に嫌気がさしたおまえは、今後の交際を断った。しかし玲児の方はあきらめきれず、最後にもう一度だけデートをしようと言ってきた」
《もう、聞きたくないよ》
「おまえは承知した。しつこい玲児に、もう一度はっきりと別れを告げるために」
《やめてってば》

「玲児は、かっとなると何をするか分からない性格だ。最初からおまえを駅ビルの屋上から突き落として殺すつもりだった」
《……思い出したくないのに》
「ただし彼は極度のマザコンでもあった。あのときも、『徳本いづみを突き落としてから自首する』――そんな内容のメールを事前に母の千佳子に送っていたんだと思う」
《ほんと、あんな場所に行かなきゃよかった》
「その文面を見て、千佳子は慌てて現場に駆けつけた」
《一緒に屋上に上がったあと、あれ何だろ、って玲児が下を指さしたんだよ》
「千佳子がビルの前に到着し、屋上を見上げたとき、ちょうど玲児がお前を突き落とす寸前だった」
《で、わたしがつられて下を覗いたら、いきなり体を持ち上げられたってわけ》
「ほんの数秒間のうちに、千佳子は必死に考えた。溺愛している息子を殺人犯にしない方法はないものか、と」
《あっと思ったときには、もう柵を越えて真っ逆さまだった》
「千佳子が到達した結論はこうだ。――自分が巻き添えになればいい。そうすれば誰もがいづみの死は自殺だと思い込む」

《……ほんとに怖かったんだから》
「千佳子は、敢えておまえが落ちてくる真下の位置に立ったんだ」
《……怖かったよ、父さん》
わたしが喋っているあいだ、相変わらずいづみの手はぴくりとも動かなかった。
だから彼女の返事は、すべてわたしの妄想にすぎない。
いまはそれでもいい。いつか本当に反応があるその日まで、わたしは手を握り続けるつもりだ。

鏡面の魚

1

廊下の向こう側から歩いてくるのは氷守初菜《ひもりはつな》だった。

こっちと目が合ったとたん、初菜は足早になった。すれ違ったときには、もうほとんど駆け足だ。

おれは回れ右をして彼女の背中を追った。

「待てよ」

後ろから声を投げると、初菜は立ち止まった。

振り返った彼女の頬が涙で濡れている。

「ひどい顔でしょ」

そこは職員ロッカー室前の、あまり人目につかない場所だった。おれはそっと初菜との距離を詰めた。

「そんなことはないさ」

おれが初菜に別れを切り出したのは先月のことだ。あれ以来、面と向かって話をするのはこれが初めてだった。

「まあ、どちらかと言えば笑顔の方が似合うけどね、きみは」

おれは白衣のポケットから、オレンジ色をした四角い手鏡《てかがみ》を取り出した。折り畳み式で、鏡面のサイズは縦十センチ、横五センチほどのものだ。

折り畳んだとき鏡面の蓋になるプラスチック製のカバー部分には、『魚住《うおずみ》小児クリニック』と文字が打刻してある。

その下には、子供が喜ぶように、丸っこくデザインされた魚のイラストも描いてあった。名字に由来するその生き物が、田舎にいる親父が院長を務めているクリニックのマスコットキャラクターだ。

この総合病院とは規模のうえで比べものにならない、病床ゼロのちっぽけな診療所。そこで患者に無料配布しているもので、マスコットキャラの絵と一緒に「健康のために毎日顔色のチェックを」と小さな文字も書いてある。

その手鏡を初菜の顔の前に掲げてやると、彼女は小さな声で礼を言い、ハンカチで涙を拭き始めた。

「ごめんなさい。めそめそしちゃって、まるで子供ね」

彼女がハンカチをしまったとき、ふと思いついたことがあり、おれは白衣の胸ポケットに手をやった。そこには、カンファレンスの際に使う細いホワイトボードマーカーを常に挿してある。そのマーカーを使って、おれは鏡面に魚の絵を描いた。

かなり下手な絵になってしまったが、これには理由がある。

大病院で内科医として目が回るぐらい忙しい日々を送っているためだ。だから、おれの手にはすっかり早描きの癖がついてしまっていた。絵や図のみならず、文字にしても同じだ。仮名だろうが漢字だろうが、この指先が綴《つづ》るとたいてい一筆書きになってしまうため、看護師たちからは「判読不能」と評判が悪い。

描き直すと、どうにかまともな絵になった。

「こっちへ来てごらん」

初菜の背中を押すようにして、窓のある場所へ移動した。

差し込む午後の陽光を鏡に当て、角度を調節すると、廊下の壁に魚の絵が投影された。

鏡を小刻みに揺らし、その魚が泳いでいるように見せかけてやったところ、さっきまで泣いていた初菜の顔が一転し、白け切った表情になった。

「それ、何の真似?」

おれは三十四、彼女は二十三。それだけ年齢が離れているが、二人きりのときは、いわゆるため口だ。それは、愛人関係を解消したいまも変わらない。

「『子供』を笑わせようと思ってさ」

いまから十年ぐらい前、おれがまだ医大に通う学生だったころ、クリニックの診察机に座った親父が、この手鏡に、ホワイトボード用のマーカーを使って、魚の絵を描いていたのを見たことがある。何をしているのかと訊《たず》ねると、

——これを泳がせてやるんだよ。水の中でゆらゆらとな。そうすると、どんなに激しく泣いている子供も、一発でおとなしくなる。

そんな答えが返ってきた。

わざわざ鏡に描いたところからして、親父の言う「泳がせる」とは、たぶん光を使って反射させることではないのか。そう思ってやってみたことだった。

「馬鹿にしないで」

初菜の声には棘《とげ》があった。自分で自分を子供と言っておきながら、本当に子供扱いされたら立腹している。

たしかに、おれに言わせれば、この付き合いづらい女は子供とは違う。狂暴な獣だ。別れを切り出したとき、刃物を持ち出したことが忘れられない。初菜は切っ先をおれに突きつけたあと、今度はそれを自分に向けたものだった。手芸が趣味という彼女は手先が器用だ。そういう人間は凶器の類《たぐい》を扱うことにも長《た》けているから、取り上げるのに苦労した。

この女は早めに仕事を辞めた方がいい。看護師という職業には向いていない。そう確信したのも、そのときだった。

「そんなつもりじゃなかった。気を悪くしたんなら謝る」

手の平で魚の絵を消したとき、首掛けストラップの先で院内ＰＨＳが鳴った。このフロアにあるナースステーションからだった。

「はい。魚住」

《あの、３１５号室の患者さんが、胸の痛みを訴えているんですが》

３１５号室の患者――市原千瑛《いちはらちえ》のつんと上を向いた形のいい鼻が思い浮かんだ。

《先生、すぐにそちらへ向かっていただけますか》

「分かった」

《わたしも行きますので》と申し出た看護師に、おれは、「いや、いい」と応じた。「きみはそこで待機していてくれ。何かあったら呼ぶから」

《そうですか》
通話を切ると、
「じゃ、またな」
挨拶もそこそこに、おれは初菜に背を向けた。

2

「315」とプレートの出ている病室は二人部屋だが、いまは片方のベッドが空いている。昨日までそこの住人だった初老の女は、病状が悪化し、今朝になって専門病院へ転院していった。

一人、窓際のベッドで横になっていた千瑛に向かって、おれは声をかけた。

「胸が痛いとおっしゃいましたね。どのあたりです」

「ここですね」

喘息《ぜんそく》で入院している千瑛は喉の少し下あたりを指さした。

「ほう。どんなふうに痛みます？」

「とにかく苦しいんです」

「それは困りましたね」おれは折り畳み椅子にではなく、ベッドに腰を下ろした。「まあ、原因の見当はついていますが」

「ええ。しばらく魚住先生に逢えなかったから」

千瑛が抱きついてきた。ドアは閉めたが鍵を掛けたわけではないため、いつ誰が入ってくるか分からない。おれは早めに千瑛の腕をほどきにかかった。

だが、その前に千瑛の方からぱっと体を離していた。

彼女は鼻をひくっと動かしてから言った。「女の匂いがする」

「さすがに本職だな」

千瑛は市内の百貨店で化粧品売り場に勤めている。主に香水を扱っている女の鼻は、どんな匂いでも嗅《か》ぎ分けるものらしい。

「あの看護師――元カノの初菜さんと会っていたでしょ」

「ああ。ついさっき、ちょこっと話をした」

「へえ、そうなの。あとくされなく別れたはずじゃなかった?」

「ちゃんと別れたさ。だけど、さっきたまたま廊下ですれ違っちまったんだよ。そしたら急に泣き出してさ。そうなると」

「はいはい。黙って通り過ぎるわけにもいかないわね。たしかに」

「そうなんだよ。――初菜がこの病室に来ることは、たまにあるよな」

「ええ」

今度はおれの方から千瑛を抱きしめ、そして彼女の耳元に囁《ささや》いた。

「いいか、おれたちの関係を、絶対に初菜には知られるな。あいつは猛獣だ。嫉妬で殺されかねない」

この言葉は、半ば本気で発したものだった。

初菜とはほんの遊びだった。彼女が本気になり始めたころ、おれは担当患者の千瑛と深い仲になり、結婚を考えるまでになっていた。千瑛と初菜を比べたら、後者はただの餓鬼だ。とうてい真剣になれる相手ではない。

「大丈夫。前に言ったでしょ、わたしは演劇をやっていたって。恋人のいない寂しい女の役は得意中の得意よ」

千瑛がこっちの頬と首筋に唇を押し当ててきた。

「そうだったな」

おれは立ち上がり、医者の顔に戻るために咳払《せきばら》いを一つした。

「で、真面目な話、体の具合はどうなんだ」

「夜になると、ちょっと調子が悪い」

「じゃあ、サクシゾンを投与しておこうか」

「サクシ……？」

「ステロイドホルモン剤さ。どんな薬より効く。ただし副作用として気分がふさぎこむ場合もあるけどな」

「そのときには、責任を取ってそばにいてよ。そしたらすぐ治ると思う」

軽く笑ってから病室を出た。

白衣のポケットに手を入れると、そこに手鏡が入っていることに気づいた。初菜にくれてやるのを忘れていたが、まだ持っていてよかった。

それを使って、頬と首筋に千瑛のキスマークが残っていないかを念入りに確認したあとで、おれは次の病室へ向かった。

そうこうしながら、いつもと同じように慌ただしく過ごしているうちに、たちまち夜になってしまった。

帰宅する前にナースステーションへ足を運んだところ、気まずいことに、初菜一人しかいなかった。看護記録をつけている彼女の顔には、疲れのせいか、まるで表情がない。

「一つお願いしたい。その仕事が終わったら、３１５号室の市原千瑛さんに、サクシゾンを注射してくれ。二十ミリグラムだ」

おれはそう口で伝えたあと、筆記用具を探した。聞き違いがあってはまずいから、投薬を指示するときは、かならず文字にしてメモを渡すのが院内の決まりだ。

手近な場所に紙もボールペンもなかった。いまそばにあるのはホワイトボードとマーカーだけだ。

おれはポケットから手鏡を出した。そしてホワイトボードマーカーを手に取り、その鏡面に「サクシゾン」と書く。

「ラベルの文字を、よく確かめてくれよ」

特にサクシゾンは注意が必要だった。似た名前を持つ別の薬「サクシン」を患者に投与してしまう医療ミスが、以前、どこかの病院で実際に起きている。サクシンは筋弛緩剤《きんしかんざい》だから、非常に危険なのだ。投与されれば自発呼吸ができなくなる。つまり死ぬということだ。

おれが自分で注射してやってもいいのだが、誰にどこで見られているか分かったものではない。妙な噂が立てば仕事がしづらくなる。千瑛の病室へ行くのはできるだけ控えた方がいいだろう。特に夜間はそうだ。

可能なら、ほかの看護師に頼みたい。しかし、いまはナースステーションに初菜しかいないのだから、どうしようもなかった。

「サクシゾン」の文字を書いた手鏡を差し出してやった。少しは笑うなり、怪訝《けげん》な顔をするなり、何か反応があってもよさそうなものだが、それを受け取った初菜は、やはり無表情のままだった。

「その鏡はきみへのプレゼントだ。毎日顔色をチェックしてくれよな、健康のため」

また泣きだされたりしてもやっかいだから、早々に初菜の前から立ち去り、病院の外に出た。

通勤には普段からバスを利用している。一番後ろの席に座って、スマホに入っている簡単な無料のゲームに興じるのが、ほんの束の間の息抜きだ。

はさみ将棋のアプリを開いた。

おれの体にも、かなり疲労が溜まっていたらしい。駒をほんの数回動かしただけで意識が遠のき、つい寝入ってしまっていた。

幸い、降りる停留所の直前で目を覚ますことができたため、ぎりぎり乗り過ごすことなく済んだ。

マンションの自宅はがらんとしている。月のうち一週間ぐらいは病院に泊まり込みになるし、休日はずっと寝ていることが多いから、物は増えようもない。こうなると、無駄に広いカプセルホテルのようなものだ。

風呂に入って、缶ビールを飲みながら、しばらくぼんやりとテレビの画面に目を向け続けた。その間、ずっと予感のようなものを覚えていた。携帯が鳴って、看護師に《患者の急変です》と告げられる予感だ。

ここ二か月ばかり、自宅でくつろいでいるときに呼び出される、ということを経験していない。だからこそ、そろそろ来そうだな、という気がするのだ。

ビールの缶をテーブルに戻して立ち上がった。

スマホをチェックしようと、今日着ていた上着の内ポケットを探る。だが、指は空《くう》を摑《つか》むだけだった。端末がない。

バスの中でゲームをしたことは覚えている。紛失したとしたら、居眠りをしていた間だ。おそらく座席の上に置き忘れたのだろう。

バス会社に問い合わせる必要があるが、この部屋に固定電話はない。普段はスマホ一つあれば十分だから設置していなかった。

おれはマンションを出て、近所のコンビニへ向かった。

店の外に、まだかろうじて撤去を免れている公衆電話がある。そこからバス会社の営業所に連絡してみたところ、案の定、スマホが一台、拾得物として届いているということだった。

いまから取りに行くのは億劫《おっくう》でならなかったが、さすがに放っておくわけにもいかない。

タクシーに乗って営業所へ向かった。

スマホを受け取り、モニターを確認してみると、着信履歴が十件近くも表示されていた。かけてよこした先の番号は、すべて内科のナースステーションにある外線電話のそれだった。どうやら嫌な予感が的中したらしい。
営業所の建物を出ながら、こちらからその外線番号にかけてやる。
応答したのは初菜だった。
《患者さんが――》
初菜の声は、またしても涙声だ。そして激しく震《ふる》えてもいた。声の背後では看護師たちが何やら大声を出し合っている。
「どうした。何があった」
ビールの酔いが一気に醒《さ》めていくのを感じながら、初菜に訊《き》くと、
《魚住くんに繫《つな》がったのか》
野太い男の声が横から割り込んできた。内科部長だ。受話器を通して、かなり苛立っている様子が伝わってくる。
《急変だよ》
部長は、吐き捨てるような口調でそう言った。
「どの患者ですか」
おれの脳裏に千瑛の姿がよぎったのと、《３１５号室だ》と部長が答えたのは、ほとんど同時だった。

3

バス営業所の前で待っていたタクシーを使い、病院に戻った。

夜間通用口の前には、パトカーが二台ばかり停《と》まっている。ほかに紺色の乗用車も一台。ルーフに赤色灯を載せているから警察の車両と見ていいのだろう。

この状況からして、何が起きたのかは、ほぼ明らかだった。

死んだのだ、千瑛が――。

警察が乗り込んできたということは、つまり、その死が通常の病死ではなく異常死であるということだ。

時刻は、ちょうど日付が変わるころだった。

じっとエレベーターを待つ気になれず、三階の内科までは階段を使った。

足に力が入らないせいか、途中で一つステップを踏み外し、膝をしたたかにぶつけた。だが、痛みはまるでなかった。それを感じている気持ちの余裕すら失っている。

薄暗い廊下を、千瑛の病室へ向かって走ると、入口の前に初菜の姿があった。丸く折り曲げた両手の人差し指を目の下に当て、嗚咽《おえつ》を漏らしている。その姿はまるで幼児のように見えた。

何か声をかけようと思ったが、どう切り出していいものか、まるで分からない。

無言のまま315号室に入った。

院長、内科部長、師長、事務長と、病院の幹部が顔を揃《そろ》える中に、警察関係者と思われる背広姿の男が数名立っている。これだけで狭い病室は一杯だ。

ベッドの上で、千瑛は静かに目を閉じていた。

体にかけてある毛布は一ミリも上下することなく、完全に静止している。顔に白い布こそかかっていないが、彼女がもう息をしていないことは、少し離れたこの位置から見ても間違いのないところだった。

「亡くなったよ」

部長がぽつりと言った。

「どうしてですかっ。急変の原因は何なんですっ」

担当医のおれがするべき質問ではなかったが、分からないものは分からない。

こっちの問い掛けに、部長と師長が顔を見合わせた。その後、師長の顔が、出入口の方へ動いた。初菜を見たに違いなかった。その視線一つで、おれにも何が起きたのかだいたい見当がついた。

「もしかして、誤投与ですか」

「そうだ。サクシゾンとサクシンを間違えた」

視界の隅に白いものが入ってきた。外にいた初菜が、いまは体を半分だけ室内に入れている。

「すみません。わたしのせいです」

泣きじゃくりながらの発声だったが、かろうじて、そのように言葉を聞き取ることができた。

「とりあえず、魚住先生」刑事らしき男が、おれの方に向かって一歩踏み出しながら言った。

「これから治療の経緯をお聞かせ願いたいのですが、よろしいですか」

おれが返事をする前に、

「では、こちらへどうぞ。別室を用意してありますので」

院長が刑事に答え、さっさと部屋から出ていく。その背中に、皆がぞろぞろと続いた。二階にある院長室へ向かうようだ。

おれは最後まで残り、千瑛の顔を一度振り返ってから退室した。

階段に向かって歩きながら、文字どおり頭を抱えた。このままでは、初菜が罪に問われることになる。当然、薬の投与を指示したおれも、ある程度は糾弾されることになるだろう。

階段を降りる前に立ち止まった。背後を向いて、後からついてきた初菜の両肩を摑み、囁き声で訊いた。

「あの鏡はどうした」

初菜に責任を負わせたくはなかった。おれがサクシゾンをサクシンと言い間違えた。そう主張しよう。「サクシゾン」と正しい薬品名を書いた手鏡。あれさえ人目に触れなければ、嘘をつき通すことはできる。

「まだ誰にも見せていないよな。だったら、いますぐ処分しろ。とりあえず、どこかに隠しておくんだ。絶対に人目に触れないところに」

するど初菜は弱く首を振った。

「あの手鏡は……もう……警察の人に……」

「渡しちまったのか」

初菜は頷《うなず》いた。

「書いてある文字は消したのか」

初菜はもう一度、首を横に振った。

「……そうか。分かった。きみは来なくてもいい。ナースステーションで待機していてくれ」

おれは階段を駆け下り、一行の後を追った。

正直なところ、ほっと安堵している自分がいた。あの手鏡は、おれが正しい指示をした証拠なのだ。どうしてこんなものに薬品名を書いたのか、という点は突っ込まれるだろうが、無実が証明されることに変わりはないだろう。

こうなるとやはり、最大の責任を負うことになるのは、文字による指示を受けていながら、それでも薬を間違えた初菜ということになる。気の毒だが、もうどうしようもない。

おれは、院長室の応接セットで、低いテーブルを挟んで刑事と向かい合った。

「あなたが、亡くなった市原千瑛さんへの投薬を指示したんですね」

「そのとおりです」

「指示した相手は」

「氷守看護師です」

「何と指示したんですか」

「サクシゾンを二十ミリグラム注射しておいてくれ、と」

「あなたが口にした薬品名に、間違いはありませんか」

「はい。たしかにサクシゾンと言いました。サクシンではなく。メモも残しました。紙にではありませんが」

「手鏡に、ですね」

「はい。鏡面にホワイトボードマーカーでサクシゾンと書きました」

「しかし、どうしてそんなものに書いたんです」

「氷守看護師に、その手鏡をプレゼントするつもりだったんです。ですから、ふざけ半分と言ったら言葉が悪いですが、まあ、そういう軽い気持ちで、ついやってしまいました」

「なるほど、分かりました。――しつこいようですが、もう一度お訊ねします。手鏡には何と書いたんですか」

「サクシゾンです」

「間違いなく『ゾ』を入れたんですね」

「はい」

「……そうですか」

ここで刑事は金属製のケースを取り出した。証拠物件の保管に使うものだろう。

彼の手がその蓋を開けた。中には透明なビニール袋が入っていた。袋の中には、見覚えのある手鏡が収められている。

「看護師の氷守さんから、これを預かりました」

刑事は両手に白い手袋を嵌《は》め、慎重な手つきで手鏡を袋から取り出した。手鏡は折り畳まれた状態になっている。そうしても鏡面に書いた文字が消えない、と判断してのことだろう。

刑事の白手《しろて》が、ゆっくりと手鏡を開いた。

「この字をよく見てください」

そこには、おれがホワイトボードマーカーで書いた字が、しっかりと残っていた。

「サ」も「ク」も「シ」も間違いなくおれの筆跡だった。「ン」もそうだ。

ただし、どうしたことか「ゾ」は違っている。

その一文字は、そもそもそこに存在していなかった。

鏡面に書かれている言葉は、何度見返しても「サクシン」の四文字だけだったのだ。

4

サクシゾン……サクシン……サクシゾン……サクシン……サクシゾン……サクシン……。

気がつくと、またメモ用紙に何度も、二つの言葉を繰り返し書いていた。

どうして書き間違いなどしてしまったのか。

鏡面に書かれた自分の文字。たしかに「ゾ」の文字が抜けたあの文字が、事件から二年が経《た》ったいまでも、おれをこうして苦しめている。

――千瑛……。本当にすまない。

完全におれの責任だった。おれが薬の名前を間違えて書いてしまったせいで、疲れていた初菜は、よく考えもせずに、そのとおりの薬品を注射してしまったのだ。

刑事事件としては不起訴になったものの、民事の面では、多額の賠償金を病院が千瑛の遺族に払うことになった。当然、おれはあの総合病院から去るしかなかった。

こうして田舎に帰り、親父の小児クリニックを継いではみたが、正直、もう医師など辞めたいと考えている。

「先生」

背後で看護師の声がした。

「次の患者さんに入ってもらってもよろしいですか」

「ああ、呼んでくれ」

「村木《むらき》さん、どうぞ」

喉が渇いていた。嫌な過去を思い出すと、決まってそうなる。患者が入ってくる前に、おれはペットボトルの水を一口、素早く飲んだ。

ドアを押して現れたのは、やけに若い男だった。口髭《くちひげ》を生やしているが、おそらく二十歳《はたち》そこそこだろう。二歳ぐらいの男児を背後から抱きかかえている。

——ありがとう。

患者が診察室に入ってくるたびに、心の中で礼を言うことにしている。

おれのやらかした医療ミスは全国的に報じられた。当然、この田舎でも知らない者はおらず、患者の何人かは黙って離れていった。一方で、こうして変わらずこのクリニックに通ってきてくれる人も、たしかにいるのだ。

「可愛い息子さんですね」おれは男児の髪を撫《な》でてやった。「いま、お幾つですか」

「二歳と四か月です」

村木という名の父親も、上から息子の頭部に向けた目を、きゅっと細めている。

「それで、症状は？」

「一日に何度も咳をするんです」

診察してみたところ、男児の喉は炎症を起こしていた。消毒薬を塗ってやると、案の定、火がついたように泣き出した。

そんな息子をあやしながら、村木が言った。「似てますね」

「似てる？　何と何がです？」

「大先生と若先生がです」

村木の言う「大先生」はおれの親父で、「若先生」はおれを指しているのだろう。村木によると、診察の仕草が、おれとおれの親父でそっくりなのだという。

「親父をご存じなんですか」

「ええ。ぼくが小さいころ、風邪をひくたんびに診てもらっていましたから」

なるほど。ならば、医者も患者も揃《そろ》って代替わり、というわけだ。

村木が必死にあやしてはいるものの、息子はいまだに激しく泣き続けている。

おれは手鏡を取り出し、ホワイトボードマーカーを使って鏡面に魚を描いた。

「ほら坊や、これをご覧」

鏡の角度を調節しつつ、窓から入る光を使い、手近にあった白い紙に魚の像を反射させ、ゆらゆらと揺らしてやる。

だが、それを見せてやっても、村木の息子は泣き止《や》む素振《そぶ》りを微塵《みじん》も見せなかった。

おれはホワイトボードマーカーの尻で頭を掻《か》いてみせた。

「親父に嘘をつかれました。こうやって魚を泳がせれば、どんなに泣いている子供でも絶対に泣き止む、なんて言っていたんですがね」

「泣き止みますよ」

村木の返事に、おれは頭を掻く手を止めた。

「ぼくが証人です。昔、大先生にそれを見せてもらって、泣くのを止めました。――ただし、そうするんじゃありません。太陽の光じゃなくて、別のものを使うんです」

「……別のもの？」

「ええ。ちょっと、そのマーカーを貸してもらえますか」

手に持っていたホワイトボードマーカーを渡してやると、村木はそれを使って、おれが描いた魚の絵にいくつか線を描き加えた。

「これも、ちょっと拝借しますね」

マーカーを返してよこしたあと、村木の手は診察机の上に伸びた。彼が摑んだのは、おれが診察の合間に飲んでいるミネラルウォーターの入ったペットボトルだった。

村木は、ペットボトルのキャップを外し、そこに水を少しだけ注いだ。

そのキャップを鏡面の上に持っていく。

「泳がせるふりをするんじゃありません。本当に魚を泳がせるんです。――いいですか、よく見ていてください」

村木はキャップを傾け、鏡面の上に水を垂らした。

次の瞬間、おっ、という小さな驚きの声が上がった。おれ自身が思わず漏らしてしまった声だった。

驚いたのは、ホワイトボードマーカーで描かれた線だけの魚が、鏡面から離れ、垂らした水の中に浮き上がってきたからだ。

魚は、薄く盛り上がった水の上で、ゆらゆらと揺れている。

いつの間にか、泣き声が止んでいたことに気づいた。村木の息子も、この様子に目を奪われているのだった。

「このとおり、ホワイトボードマーカーで鏡に描いた線は、水に浮くんですよ。繫《つな》がったまま」

先ほど村木は、おれが描いた絵にいくつか線を描きたした。あの行為は、水の中に浮き上がっても魚の形が崩れないように線の切れ目と切れ目を繫いだ、という意味を持っていたわけだ。村木が息子を連れて診察室から出て行っても、おれはしばらくのあいだ、小さな水溜まりの中で浮遊する魚に目を奪われていた。

いや、身動きができなくなった、という方が正確かもしれない。

ある疑念に囚《とら》われてしまったせいで。

おれは目を閉じた。網膜の上には一つの顔が浮かんでいる。かつておれが捨てた女、氷守初菜の顔が。

ホワイトボードマーカーで鏡に描いた線は、繫がったまま水に浮く。もし初菜がこの知識を持っていたとしたら……。

千瑛は、おれと初菜が逢っていたことを移り香から察知した。それと同じように、初菜も千瑛の匂いから、おれと千瑛の関係に勘づいたのではなかったか。

そして、薬品名を書いた鏡を入手したとき、一つの計画を思いついた。千瑛を殺し、おれを社会的に葬り去る計画を。

実行は、それほど難しくなかった。

まず鏡面に書かれた「サクシゾン」の文字に、慎重に水を垂らす。

すると五つの文字が水の中に浮き上がる。

そこから、針かピンセットで、「ゾ」だけを掬《すく》い取り、除去してしまう。そうしてから適当に字間を詰め、「サクシン」に作り変える。水分はティッシュペーパーで吸い取り、パソコンか何かの熱でも使って鏡を乾かし、再び文字を定着させる。

おれの文字は一筆書きだから、「シ」も「ン」も「ゾ」と繋がって一つの線になっている。手先の器用な初菜のことだ、丁寧に作業すれば筆跡が崩れることはなかった。

それだけの準備を終えてから、彼女は「サクシン」のアンプルと注射器を持ち、千瑛の病室に向かった――。

嫌な想像だ。

それが真実だとは信じたくない。おれの書き間違いであってくれた方が、遥かにましだ。

胸のあたりに悪寒《おかん》を覚えながら、おれは手近にあった脱脂綿を手にした。それを鏡面に押し当て、魚を乱暴に拭き取っても、悪寒は酷《ひど》くなる一方だった。

白いコウモリ

1

西日に照らされた空を、小さな黒い動物が何匹も飛んでいた。

そのうち、一匹が樹の枝にぶつかって地面に落ちた。

「コウモリが一機墜落っ」

友達の一人が叫ぶ。五年生の子だ。

彼はいち早く落ちたコウモリの前に陣どると、斜め後ろへ首を捻《ひね》り、そこに立っていた四年生に向かって言った。

「おまえ、触ってみろよ」

四年生の子が腰を落とし、おそるおそるといった様子で、下に向かって手を伸ばす。

コウモリは地べたに這《は》いつくばるような恰好をしていた。疲れ切ってヘトヘトといった様子だ。

そんな黒い小動物に、ちょんと指先で触れたあと、四年生は三年生の子へと顔を向けた。

「おまえ、触ってみろよ」

こうなると、二年生のぼくにも順番が回ってくることは明らかだ。

でも、ぼくはこのコウモリには触《さわ》れそうになかった。

つい先日、お父さんと一緒にテレビを見ていたら、すごく怖い外国の映画をやっていた。人の血を吸う怪人が出てくる話だ。その怪人とは、黒いマントに身を包んだ女の人で、顔が青白く、生きているのか死んでいるのか分からないような魔物だった。

普通の人間とは違って姿が鏡に映らない、という点も不気味でしょうがなかった。

「あの怖い女の人は誰なの」

お父さんの腕にしがみつくようにしながらそう訊《き》いたら、こう答えが返ってきた。

「きゅうけつきだ」

きゅうけつき。その言葉を漢字でどう書くのかも教えてもらった。「吸血鬼」――「血を吸う鬼」という意味だと知って、心の底からぞっとした。

その吸血鬼は、ペットを飼っているという設定になっていて、それがコウモリだった。吸血鬼自身の顔が死人のように青白かったせいで、ばさっとマントを広げた姿は、まるで白いコウモリのようでもあった。

以来、コウモリはぼくにとっていちばん怖い動物になってしまったのだ……。

三年生が、ちょんと指先でコウモリに触れる。

そして彼は案の定、ぼくの方を見て、「次はおまえの番な」というように顎《あご》をしゃくってきた。

胸がドキドキしてしょうがなかった。だけど、ここで逃げ出したりしたら、みんなから弱虫だと思われるに違いない。そんなことになれば恥ずかしさのあまり、明日からこの学童保育所に来られなくなってしまう。

ぼくは覚悟を決めた。

しゃがんで手を伸ばす。そうして無理して触ろうとしたところ、コウモリがぴくりと動いたので、ぼくは短い悲鳴を上げて、その場から跳《と》び退《の》いてしまった。

誰もが一斉に笑ったが、そういうみんなも、ぼくと同じように思わず後ずさりしていて、笑い声はどれも引きつっていた。

——ちょっと触れるだけでいいんだ。

気を取り直して、もう一度、コウモリに向かって指を伸ばす。

するると今度は、

「加也斗《かやと》くん、何やってるのっ」

すぐ近くで、そんな大声が響いた。振り返ると、いつの間にか学童保育所の先生が後ろに立っていて、

「咬《か》まれて血が出たらどうするのよ」

と、ぼくをこっぴどく叱った。

「……ごめんなさい」

言い出しっぺの五年生は地面のコウモリを拾い上げるやいなや、先生に怒られる前に遠くへ逃げていってしまった。ほかのみんなも彼に続いて、風のようにその場からいなくなった。

「もう外で遊ぶのはやめて、中で宿題でもやっていなさい」

「……はい」

助けてもらえたのは嬉しかったけれど、もう少しでコウモリに触れそうなところでもあったのだ。せっかくのいいところを邪魔されてしまった、とも言えた。そう思うと、どうにも悔しい。

時間が経《た》つのは早かった。テーブルで理科のドリルをやっているうちに、外はもう薄暗くなっていた。

「さいなら」

上級生はみんな自分の足で帰っていく。でも下級生のほとんどは、お父さんやお母さんが迎えに来て、車に乗って家路につくのだ。それがいつもの光景だった。

ぼくの場合、今日はお父さんの仕事が忙しいらしくて迎えが遅くなるため、まだまだ待っていなければならないようだ。

もう完全に日が暮れようというころ、さっきコウモリを見つけた五年生が、ランドセルを背負った姿で、ぼくの方へ近寄ってきた。手には虫カゴを持っている。

「そういえば、おまえの母ちゃん、最近見ないな。交通事故に遭ったたって聞いたけど、それ本当か？」

うなずいた。本当だ。一か月前の夜、車にはねられたのだ。

「怪我したんだろ。具合はどうなんだよ。まさか、死んだりしてないよな」

ぼくは首を横に振った。

「えっ。じゃあ、もう生きちゃいないのか？」

その問いかけにも、ぼくは首を振った。「分からない……」

「なんだよ、それ。そんな答えあるか。自分の母ちゃんなんだから、分からないはずねえだろ」

でも、分からないものは本当に分からないのだ。

「生きてんのか、それとも死んじまったのか」

やっぱり、ぼくにできるのは首を傾げることだけだった。

「どっちなんだよ」

「たぶん……両方だと思う」

「はっ？　ふざけてんのか」

ふざけてはいなかった。ぼくのお母さんは本当に、生きていて、死んでいるのだ。

お母さんの治療にあたってくれたお医者さんとお父さんが、そのように話しているのをこの耳でちゃんときいたのだから、間違いない。

「なんだか、おまえの母ちゃんて、まるでこいつみたいだな」

そう言って五年生は、手に持っていた虫カゴをぼくの前に掲げてみせた。

カゴの中では、さっきのコウモリが、いまも元気のない様子でうずくまり続けている。

どうして母さんがコウモリなのか。その理由を訊《たず》ねようとしたけれど、なんだか急に疲れが出てしまい、口を開くのが億劫《おっくう》でならなかった。だから黙っていることにした。

五年生が帰ってしまうと、学童保育所に残っている児童は、ぼくだけになった。

「加也斗くん、お父さんが迎えにきたよ」

先生からそう声をかけられたため、ぼくはそれまで取り組んでいたドリルをやめ、慌てて勉強の道具をランドセルに詰めにかかった。

急に目の前がぐるっと回ったのは、そのときだった。

お風呂から上がったときに感じるような、ただの軽いめまいだ。そう最初は思ったけれど、目の前にあるテーブルや教科書、ランドセルがゆらゆらと揺れたまま、いつまで経っても止まらない。

すぐに立っていられなくなり、ぼくはまた椅子に腰を落とした。それでもめまいはおさまらない。そのうち、全身から力が抜けて、体がぐらっと横に傾いてしまった。

テーブルにしがみつき、これ以上倒れまいと踏ん張ったつもりだったけれど、どうしたことか指先にも、まるで力が入らない。

そして、間もなく目の前が真っ暗になった。

2

窓の外を黒いものが横切ったように感じた。もしかして、と思って目を凝《こ》らしてみたら、やっぱりコウモリだった。

もっとよく見ようと窓際に行き、ガラスに鼻先を押しつけたとき、

「おはよう」

入口の方で声がした。

病室に入ってきたのは看護師さんだった。高田《たかだ》さんという名前の、三十歳ぐらいの女の人だ。

ぼくはベッドに戻った。

「窓の外に何かいたのかな？」

「はい。コウモリです」

「本当に？　もしかして、雀《すずめ》の見間違いじゃない」

「違います」

たしかにコウモリだったから、ぼくはそう言い張った。

「そうなの。コウモリって夕方か夜に動き回っているイメージだけど、朝から飛ぶこともあるんだ。珍しいね」

小児病棟にあるこの病室は、けっこう大きめの部屋だ。全体はいちおう四つに仕切られているけれど、完全な個室というわけではない。

真ん中に通路が走っていて、高田さんたち看護師が、いちいちドアを開け閉めすることなく、四人の患者を手早く診《み》られるようになっている。そんな造りの大部屋なのだ。

ただ、ほかに入院している子がいないので、いまはこの広い部屋をぼくが一人で使っている状態だった。

「偉い。残さずちゃんと食べられたね」

ぼくが使った朝食の食器が全部空になっているのを確かめたあと、高田さんはこっちの頭を軽く撫《な》でてきた。

「それじゃあ、朝の薬を飲みましょうか」

「はい」

高田さんが錠剤を取り出したので、ぼくは口を開けた。

「おっと、その前に名前を教えてもらえる？」

「加也斗です」

「もう一回言って」

「中村《なかむら》加也斗です」

「はい、じゃあお薬」

高田さんが手渡してきた錠剤を水で飲んだあと、ぼくは訊いてみた。

「どうして名前を二回言わせたんですか」

「人は誰しも聞き間違えってするじゃない。加也斗くんだってするでしょ」

うなずいた。最近は、お父さんと一緒に夕食のお寿司を食べたとき、「アナゴを取ってくれ」と言われたのに、聞き違えて「玉子」を渡してしまった。

「病院では、そういう間違いが命取りになるの。世の中には、加也斗くんのほかに、アヤトくんやハヤトくんといった名前の子もいるでしょう」

「います」

たしかに、同じクラスにはマヤトくんという名の子がいる。

「もし加也斗くんの薬を、アヤトくんに飲ませてしまったら、大変なことになる。だからお医者さんやわたしたち看護師は、言い間違いや聞き間違いには、ものすごく気をつけるようにしているのよ」

「そうなんですね」

「薬の名前も似たのが多くてね。一字違うだけで、まったく反対の効き目の薬になったりする場合もあるわけ。そんなわけで患者さんの名前も二回以上確かめるの。分かったかな」

「はい」

「じゃあ、これから治療があるから、一緒に別の部屋へ行きましょう」

ぼくは高田さんに手を引かれて病室を出た。

学童保育所で具合がおかしくなって、お父さんの車で病院に運ばれたのは、一昨日《おととい》の夜だ。

病名は、たしか「再生不良性貧血」とかいうものだった。

そのまま入院することになってしまったので、あれ以来、家には帰っていない。こうなると飼っているミドリガメが心配になるけれど、お父さんが餌をやってくれているようだから大丈夫だろう。

昨日は一日中体の具合が悪くてベッドから起き上がれなかった。でも今日は問題なさそうだ。高田さんに連れていかれた先は、病気の治療に使う機械がたくさん置いてある、ものものしい部屋だった。

その部屋の隅で、ぼくが丸椅子に座って待っていると、どこかへ行っていた高田さんが戻ってきた。

赤黒い液体の入った袋。それをぶら下げたポールのようなものを携えている。

「ちょっと痛いかもしれないけど、我慢してね」

「ぼくに注射するんですか」

「腕に針を刺すけれど、注射とはちょっと違うよ」

「じゃあ何ですか」

「ゆけつ」

輸血か。それなら知っている。誰か別の人の血液を、自分の体の中に入れるという意味だ。

最近、テレビを見て覚えたばかりの言葉だった。

高田さんは、ものすごく気をつけるようにして、ぼくの腕に輸血用の針を刺した。本当に慎重な手つきだ。

それは、ぼくの血液型が普通の人とは異なり、とても特殊だからだろう。

ぼくに血を分けることができる人は、世界中を探してもごく少ないらしい。この近くにかぎっていえば、たった一人——ぼくのお母さんしかいない。

それを知っている学校や学童保育所の先生は、ぼくがちょっとでも危ないことをすると、すごく叱る。怪我をして血が出たりしたら大変だからだ。だから一昨日も、コウモリを触ろうとしたとき、学童の先生はぼくをきつく注意したのだった。

輸血用の針は痛かったけれど、ぼくは目をつぶって我慢した。

去年、何かの病気の予防接種を受けたとき、注射が怖くて泣いてしまった。だから二年生に上がった今年は、絶対にああいう恥ずかしいことはしないと心に決めていたのだ。

涙を見せなかったぼくを、高田さんはもう一度「偉いね」と褒めてくれた。そして、

「お医者の先生には内緒だよ」

と言って、大きなキャンディを一個プレゼントしてくれた。

「これで午前中の治療は終わり」高田さんは輸血用の針をしまいながら言った。「一人で病室

まで帰れるよね」

高田さんはこの部屋に残って仕事があるらしい。

ぼくはうなずいた。「帰れます」

「念のため、加也斗くんの部屋の番号を言ってごらん。何号室かな」

「二〇四号室」

高田さんは「合格っ」というように、両腕を使って体の前に大きな丸印を作った。

かなり広い病院だけれど、道を覚えるのは元々得意だった。病室からこの治療室まで、どこを通ってきたのか、ちゃんと頭に入っている。

それに、この病院には前に何度か来ているから、建物の中がどうなっているのか、だいたいすでに知っているのだ。

もらったキャンディを頰張りながら、ぼくは丸椅子から立ち上がった。

「寄り道しちゃ駄目ね。まっすぐ病室に帰るんだよ」

「はい」

一人で廊下に出た。心の中で高田さんに謝りながら……。

はいと返事をしたけれど、まっすぐ帰るつもりはなかった。

廊下に設置されている案内板を見て、脳外科病棟の位置を確かめてから、そこへ向かって歩く。

脳外科病棟——こんな難しい漢字を読めるのも、前に何度か足を運んでいるためだ。

その脳外科病棟にはいま、子どもの患者がいないようだった。だから珍しがって、お医者さんも看護師さんも、ほかの入院している人たちも、ぼくをじろじろ見てくる。

もしかしたら、迷子だと思われているのかもしれない。

目指しているのは「三〇六」と番号のついた部屋だ。病室の目印はその数字だけで、患者の名前は出ていなかった。

その部屋まで来ると、ぼくの胸は、この前コウモリに触ろうとしたときみたいに、またドキドキうるさく音を立てはじめた。

ノックしてドアを開けようとした直前だった。

ドア越しにひそひそと声が聞こえてくることに、ぼくは気づいた。

どうやら、年配の偉いお医者さんが若いお医者さんに、あれこれと説明をしているようだ。

たぶん、この部屋に入院している患者の容体について話をしているのだろう。

どうするか迷った。部屋の中に入るつもりだったけれど、邪魔をしたら、お医者さんたちに叱られるに違いない。

「容体は分かりました」と若いお医者さんは言った。「つまり、この患者さんは×××なんですね」

「そうだ」と年配のお医者さんは答えた。

その会話をドア越しに聞いてから、ぼくは足音を殺してその場から立ち去り、自分の病室へ戻った。


午後からはノートを相手に過ごした。学校で使っている線の入っていない自由帳だ。そこに、ぼくはさっきから、ある女の人の似顔絵を何度も描いていた。

「上手ね」

ふいに声がした。首を捻ってみると、高田さんが後ろから覗《のぞ》いている。いつ病室に入ってきたのだろう。まったく気づかなかった。

「その絵の人は、加也斗くんのお母さんかな」

「そうです」

「自分で見てどう？　似ていると思う？」

「……あんまり」

「だったらほら、あれを使うといいよ」

高田さんが指さしたのは、病室の壁にかけてある鏡だった。

似顔絵を描いたら鏡に映してみるといい。そうやって左右を反対にしてやると、どこが似ていない部分なのかよく分かる。そう高田さんは教えてくれた。

その教えに従って描き直しながら、ずっと頭に引っ掛かっていた疑問について、高田さんに話してみることにした。

「一昨日《おととい》、学童保育にいる五年生の子に言ったんです」

「何て？」

「『ぼくのお母さんは、生きているのか死んでいるのか分からない』って」

「……そう」

「そしたらその子は、『おまえの母ちゃんはコウモリみたいだ』って言いました」

「失礼ね。でも、どういう意味かしら」

それが分からなかったので、ぼくは高田さんにこの話を打ち明けたのだ。

そんなこっちの考えを察してくれたようで、高田さんは「それはたぶん」と前置きしてから説明してくれた。

「コウモリも、はっきりしない動物だからじゃないかな。鳥なのか、それとも獣なのかね」

なるほど、そういう意味だったのか。

高田さんに礼を言ってから、ぼくは描いた絵をもう一度鏡に映してみた。

この絵なら、お母さんにわりと似ていると思う。

目は細いものの、横に長くて、睫毛《まつげ》もきれいに整っている。鼻は低めだけれど、形は真っ直ぐ。口はちょっと大きめで、上より下の唇の方が厚い。耳は菓子パンのようにおいしそうな形をしている。長い髪の毛からは、とてもいい匂いが漂ってきそうだった。

3

その日も朝から、窓の外にコウモリを見かけたような気がした。

きっとこの近くに巣があるのだろう。

そう思って、窓際に駆け寄ったとき、背中の方で人の気配を感じた。

振り返ると、そこにいたのは高田さんだった。部屋の出入口のところに立って、眉毛を真ん中の方に寄せている。つまり怖い顔をしているのだ。

「こっちにいらっしゃい」

手招きされたので、その言葉にしたがうと、高田さんはぼくの手をぐいとつかんできた。

引っぱられるようにして廊下に出る。

——どうしてそんなに厳しい表情をしているんですか。

そう訊きたいけれど、口を開けるような雰囲気じゃなかった。

「加也斗くん」高田さんは前を向いたまま言った。「わたしとの約束を破ったでしょ」

「どんな約束ですか」

「昨日お願いしたよね。輸血が終わったら、まっすぐ自分の病室へ戻るように、って。覚えてるかな」

「……はい」

「でも寄り道した。脳外科病棟の方へ」

申し訳なくて、すぐには「はい」と正直に答えられなかった。どうしてバレたんだろうか。

「どうしてバレたのか、って思ってるのね」

「……はい」

「それはバレるよ。加也斗くんはまだ子どもだもの。脳外科病棟には大人の患者しかいないからね。目立ってしょうがないわけ。だからさっき脳外科の先生から、わたしのところへ報告があったんだよ。『昨日、おたくの患者さんがこっちに迷い込んできました』って」

「ごめんなさい」

「そんなに寄り道したかったらね――」

高田さんは、ここで言葉を切ると、いままでの怖い表情を見事なまでに素早くさっと消し去り、にっこりと笑いかけてきた。

「わたしが一緒にしてあげる」

どうやら、いまぼくたちが向かっている先は、脳外科病棟にある三〇六号室らしかった。

高田さんが笑いかけてきたので、ぼくも頬っぺたを持ち上げようとした。

なんとかそうしたつもりだけど、顔が強張《こわば》って、うまく笑うことができなかった。歯を見せるのが精いっぱいだ。

そんなことをしているうちに、もうぼくたちは三〇六号室の前についてしまっていた。

「昨日は、この中にいる人に、逢いたくてしょうがなかったんでしょう？　じゃあその願いをかなえましょう。大丈夫だよ。入る許可は先生からちゃんともらっているから」

そういって、高田さんがドアをノックした。

同時に、ぼくは彼女の手を振り払った。

そして廊下を駆け出した。必死の思いで、いま来た道を走って戻る。

背中の方で、ぼくを呼び止める高田さんの声がしたけれど、聞こえないふりをして、無我夢中で走り続けた。

ぼくはもう怖くて怖くてたまらなかった。

三〇六号室――あそこはお母さんのいる病室のはずだった。交通事故に遭って「脳死」という状態になってしまったお母さんの。

だけどいまは違う。

お母さんに代わって、いまあの病室にいるのは別のやつだ。

昨日、ぼくはドア越しに聞いてしまったのだ。若い方のお医者さんが口にした言葉を。

――「この患者さんは、つまり×××なんですね」

「×××」の部分に当てはまる言葉も、この耳でしっかりと拾った。

昨日からずっと、その言葉を頭の中で繰り返し再現してみた。聞き違いじゃないかと思ったからだ。

だけど、どう考えても×××に当てはまる言葉は一つしかなかった。

吸血鬼。

若いお医者さんは、そう言ったのだ。「この患者さんは、つまり吸血鬼なんですね」と――。

偉い方のお医者さんも「そうだ」と認めていたので、間違いない。

だから一刻も早く、あの病室の前から逃げたかった。

患者さんの一人とぶつかりそうになったけれど、謝りもせずに、ぼくは廊下を走った。

命からがらの思いで足を動かし続け、脳外科のある病棟と小児科のある病棟をつなぐ廊下にきたときだった。

また目の前がぐるぐると回り始めたのだ。

この前、学童保育所で起きたように、強いめまいがして、とても走ってなどいられなくなった。

急に駆《か》け出したのがまずかったらしい。

ぼくは壁に手をつくため、腕を横に伸ばした。

だけど、手の平に当たったものは壁ではなく、ただの空気だった。

体がぐらりとかしぐ。冷たい床が、頬っぺたに触れたのが分かった。

それっきり、ぼくの目の前は真っ暗になり、やがて頭の中も闇一色に包まれてしまった……。

4

目が覚めたら、そこはぼくの病室じゃなかった。

天井の模様が違っている。小児病棟にある二〇四号室は、天井のボードにいろんな動物の形をした模様がたくさん描いてある。けれど、この部屋の場合は白一色だから、まるで面白くない。

上半身を起こそうとしたけれど、思ったように体が動かなかった。

やっとの思いで顔だけを少し持ち上げてみる。

腕に針が刺さっているのが分かった。

針には管がついている。

その管は、ベッドの横に置かれた、カシャカシャと細かい音を立てて動く機械につながっていた。管の色は赤黒い。血が流れているせいだ。

この血は、機械からぼくの中に流れ込んでいるのだろうか、それともぼくの体から血が抜き取られて機械に吸い上げられているのだろうか。

管の中にある流れの方向まではよく見えないから、そのあたりはどうなっているのか分からない。

と、そのとき、ぼくの耳はある物音を聞きつけた。

機械が立てているのとは別の音だ。

人が呼吸する音に違いない。

よく聞いてみると、「すう、すう」というよりは「シューッ、シューッ」といった感じだ。人じゃなくてロボットが息を吸ったり吐いたりしているみたいな音だった。

もしかしてこれは、ぼく自身の口から出ている音かもしれない。そんなふうに思ったので、いったん息を止めてみる。

それでも、呼吸の規則正しい音は聞こえ続けている。

つまり、ぼく以外にも部屋の中に人がいる、ということだ。

どうやら、管のついた機械を挟んで、向こう側にもベッドがあり、そこに誰かが毛布を被《かぶ》って寝ているようだ。

図体の大きな機械だから、それが邪魔になって、相手の顔はよく見えない。

ただ、その人にも機械から赤黒い管がつながっていることだけは、どうにか見て取れる。

この病院の場合、病室の外だけじゃなく、部屋の中にも番号を書いたプレートが張ってある。

だから、ドアの方をみれば、ここが何号室なのか分かるはずだ。

ぼくは顔を傾けた。ドアの上に目をやる。

読めた数字は「三〇六」だった。

あの病室だ。

気を失ったぼくが運ばれたのは、やつの部屋だった。

するといま隣で寝息を立てているのは――。

もう顔をそちらへ向けることができなかった。

代わりに、ぼくはふたたび管を見やった。ぼくとやつが、管を通してつながっている。

吸血鬼。それがやつの正体だ。そうであれば、この管の中の血が、どっちからどっちに流れているかは明らかだった。

ぼくは、こうして血を抜き取られて死ぬ——。

そう考えたら気が遠くなりかけた。

体じゅうの皮膚がしびれているようだ。鳥肌が立っているせいだと思う。全身が冷たくてしょうがない。

口を開いた。高田さんを呼ぼうとしたのだ。

けれど、ぼくの喉からは、かすれたうめき声のような音しか出てこなかった。

そのときになってようやく気づいたことがあった。この部屋の壁にも鏡がついている。ベッドの足元の方にある壁だ。

もう少しだけ顔の位置をずらしさえすれば、あの鏡を通して、隣のベッドの様子を調べることができるはずだ。

吸血鬼は鏡に映らない。だから、もし顔が映らなければ、隣にいるやつが本当に吸血鬼だということになる。

——確かめてみよう。

そう決めて、ぼくはベッドの上で、体の位置をじりじりとずらしはじめた。そうして横に移動できれば、顔の位置も変わるから、鏡を使って隣が覗けるに違いない。

相変わらず、シューッ、シューッと呼吸音は聞こえている。

これがいきなりピタッと止まったら。

ベッドの毛布ががばっと跳ね上がったら。

そして青白い顔の女の人が、口から長い牙をはみ出させ、飛びかかってきたら……。

そういう嫌な想像と闘いながら、時間をかけて少しずつ移動し、ようやく鏡を通して隣のベッドを覗き見る寸前まできた。

そこでぼくはいったん目をつぶった。

どのぐらいそうしていただろうか。

気持ちが落ち着くのを待って、ぼくは目を開けた。

相手の顔は鏡に——映っていた。

間違いなく、鏡を通してそれが見て取れる。目があり、鼻があり、口があり、顎がある。髪の毛も、耳もちゃんと見えている。

鼻と口には、呼吸するためのものだろうか、チューブが差し込まれていた。だけど、チューブは鼻と口の両方ともごく細いものだから、人相を覆い隠してしまうほどではない。

目は閉じているから形がよく分からなかった。だけど、ほかの部分には見覚えがあった。

鼻は低めだけれど、形は真っ直ぐ。

口はちょっと大きめで、上より下の唇の方が厚い。

耳は菓子パンのようにおいしそうな形をしている。

長い髪の毛からは、とてもいい匂いが漂ってきそうだった。

5

今日はコウモリが飛んでいない。

それ以上探すのをあきらめて、窓際を離れ、ぼくはベッドに戻った。

三〇六号室を出て、いつもの二〇四号室に戻ったのは、昨日のことだ。

ベッドに腰掛けてノートを開いた。そうして、今日の午前中に、ぼくが自分で書いた文字を眺める。

【ノルバスクとノルバデックス。ウテメリンとメテナリン。タキソールとタキソテール。テオドールとテグレトール……】

今朝は高田さんから、「似た名前の薬にはこんな例がある」ということを教わった。面白かったので、忘れないように聞いた薬の名前をメモしておいたのだ。

――一字違うだけで、まったく反対の効果になったりする場合もあるわけ。

高田さんの言葉を思い出しながら、それらメモ書きの下に、ぼくは「吸血鬼」と漢字で綴《つづ》ってみた。

そして、その隣にも同じように漢字を三つ書きつけた。

「供血器《きょうけつき》」と。

「供」も「器」もまだ学校で習っていなかったけれど、高田さんから教えてもらって覚えた。

ドア越しにお医者さんの話を聞いたせいで、三〇六号室にいるのが、お母さんじゃなくて吸血鬼だと思い込んでいました。そう正直に打ち明けると、高田さんは笑いながら言った。

「あの若いお医者さんね、加也斗くんに謝っていたよ」

脳死という状態になっても人間であることに変わりはないから、「器」という呼び方は失礼にあたるのだそうだ。

それはともかく、脳死になる前、母さんははっきりと自分の意思をこう表明しておいたらしい。

――万が一の場合は、わたしをできるだけ生かしておいてほしい。

それは、ぼくに輸血が必要になった事態を見越してのことだったようだ。

ぼくはノートを捲《めく》った。そして新しいページに、今日も大切な人の似顔絵を描きはじめた。

見えない牙

1

パチンコにでも行くかと思い立ち、おれはスマホを手にした。今日、よく出ている店はどこなのか。打ち仲間にメールで訊《き》いてみることにする。

インタホンのチャイムが鳴ったのは、一文目を入力し終えたときだった。どうやら宅配便らしい。

「おい、ヨッパ」

リビングの天井に向かって、義理の娘の通称を大声で口にした。

「出てくれよっ」

反応はなかった。聞こえているのに知らないふりをしていやがる。

おれはスマホにロックをかけた。パパは苛立《いらだ》っているからな。そう二階の小娘に伝わるよう、立ち上がった際に椅子の脚で床をどんと鳴らしてから、玄関へ向かう。

届いたのは中元だった。これで今年は七つ目だ。女房が美容院を五店も経営しているやり手だと、贔屓客《ひいき》からの贈り物だけで生活できてしまいそうだ。

受け取りのハンコを押したとき、二階から降りてくる足音がした。四葉《よつは》だ。リビングに入っていったらしい。わざわざ怒られにきたとは思えないから、目的はキッチンの冷蔵庫漁《あさ》りか。

ちょうどいい。一つ灸《きゅう》を据《す》えてやる。

キッチンに行くとそこに四葉の姿はなかった。そして隣接するリビングのテーブルからはおれのスマホも消えていた。

油断した。四葉に持っていかれたようだ。

スマホにはおれが別の女と一緒に撮った写真が入っている。つまり浮気の証拠だ。四葉は、なんとなくおれの不倫を察知していたようだ。その証拠を母親につきつけ、義父をお払い箱にしようという魂胆なのだ。

一度は、「こんな男と一緒にいたら駄目になる」と母親にはっきり言ったらしい。

舐《な》めやがって。

とにかく、スマホを奪われたのはまずい。ロックをかけていたから、すぐには中身を覗《のぞ》かれることはないだろうが、早めに回収するにこしたことはない。

「ヨッパぁ」

怒りを押し殺し、語尾を伸ばすことで敵意がないことを装いつつ名前を呼んだが、返事はない。

代わりに玄関で人の気配があった。靴を履《は》き、ドアを開け、庭先に置いてある自転車の鍵を外《はず》す音も耳に届いた。

窓から外を見ると、赤いチャリンコに乗って門を出ていく四葉の姿があった。夏休みの今日、彼女が着ているTシャツも自転車と同じ色だ。

やれやれ。

おれは盛大に溜《た》め息《いき》をついてから、ノートパソコンを開いた。スマホを紛失した場合に備え、端末の位置が地図上に表示されるようにしておいてよかった。

もっとも、自転車の向かった方角からして、いまあの子が行こうとしている場所には予想がついている。

ここから一キロも行かない先に、市が所有している広い土地があった。開発が行き詰まり、塩漬け状態になっている空き地だ。夏のこの時期はやけに丈の高い草が生えている。

四葉はよくそこへ足を向けては、気ままに散歩したり、草の中に一人隠れて自分のスマホをいじったり、寝転んだりしているようだった。お気に入りの癒《いや》しスポットなのだ。

逆に言えば、ろくな遊び場がないこの寂れつつある町では、アウトドアの好きな女子小学生が行きたがる場所など、その程度に限られるわけだ。

ちょっと気になるのは、少し前から件《くだん》の空き地に、野良犬が一匹棲みついているという点だった。けっこう大きな図体をしている犬だから、「匹」ではなく「頭」と表現した方が適当かもしれない。

気性が荒く凶暴な犬だと噂されているから、母親は四葉に「あそこへ近づくな」と何度かきつく言っている。しかし娘の方には、忠告を聞き入れるつもりなどさらさらないようだ。

いまパソコンの画面には、このあたりの地図が表示されている。その中に、おれのスマホの位置は、地図上に黄色い点で示されていた。

黄色の点はゆっくりと北上していき、思ったとおり、例の市有地で停止した。

おれはノートパソコンを閉じ、車のキーを手にして車庫に向かった。

普段使っている車はセダンではなく、業務用のバンだ。そう、世間的には無職、あるいはヒモと呼ばれる身だが、実はおれだって一応仕事はしている。昔、便利屋をしていたから、いまでも知り合いから軽作業を有償で頼まれることがときどきあるのだ。だから車にはスコップやメジャー、トラロープなどが積んであった。

もっとも〝出勤〟するのは、月に二、三度というところがせいぜいで、稼ぎは高が知れているのだが。

慌てることなく車を発進させた。

午後五時。そろそろ帰宅ラッシュが始まりそうな時間帯だ。人口五万。ドがつくほどではない適度な田舎の道は、少しだけ混《こ》んでいる。

ここで生まれ育ったおれだが、地元はどうしても好きになれない。言ってみれば、ここは人殺しの町だからだ。

いまはもう閉ざされてはいるものの、ここから少し行ったところに炭鉱があった。石炭が出る土中には、よく一酸化炭素が溜まっているという。たしかに、おれが子供のころ、しばしば炭鉱マンがそれで亡くなっていた。無色無臭の毒ガスだから、いくら注意しても事故が絶えなかったらしい。

だから、こんな縁起でもない町からは、さっさと出ていきたいと思っていたのだ。なのに結局、四十三になったいまも、土地にへばりつくようにして暮らしている。

そんな情けないおれだが、コブつきとはいえ金だけはやたらに持っている女と結婚する幸運に恵まれたのだから、前世ではそれなりの善行を積んできたのかもしれない。

2

自宅は市街化区域の外れにあるため、ちょっと西に出ただけで、あとはもう目に入るのは田んぼと畑ばかりだ。

田んぼ道を一分も走れば、夏の夕日を浴びて温《ぬる》い風にゆらめく雑草地が見えてきた。これが例の市有地だ。計算すると何ヘクタールになるのか知らないが、二百メートル四方ほどの広さがある。

土地の周りはぐるりと農道に囲まれていた。塀も何もないから、入ろうと思えば、どこからでも侵入できる。市役所も人員不足らしく、管理人も置いていなければ、職員が見回りにくることもなかった。

案の定、道端に四葉の赤い自転車が停まっていた。草が邪魔して、市有地の中は二輪の細いタイヤでは走行できない。

四葉の自転車からちょっと離れた位置に、そこだけ雑草がお辞儀をしている場所があることには前から気づいていた。田んぼ道から市有地の中に、四輪の轍《わだち》ができているのだ。誰かが車で何往復かしたらしい。

おれはその轍を頼って、車に乗ったまま雑草の中に分け入っていった。

サイドウインドウを下ろし、おーいヨッパ、と呼びかけてみる。

「いるのは分かっているんだ。出てこいよ。いまはここに野良犬がいるから危険だぞ」

今春になってどこからともなく現れたというその野良犬は、薄汚い灰色をしていて、腹に黒い斑《まだら》があった。牙も大きく鋭いらしい。おれも先日、この近くをいまのように車で通ったとき、一度だけ見かけたことがある。

もう一度、おーいヨッパと呼びかけたときだった。

どこかで犬が吠える声がした。ワンワンではない。ブオンブオンというバイクのエンジンにも似た、いかにも凶暴そうな声だ。

続いて子供の声がした。悲鳴と言った方が正確だった。四葉が上げたものに間違いない。

面倒なことにならなければいいが……。

おれは慎重にアクセルを踏み、轍をたどり続けた。

異変をフロントガラスの向こう側に見つけたのは、ちょうど敷地の中央あたりまできたときだった。

一瞬、地面に黒い楕円形が視界に入ったような気がして、おれはブレーキを踏んだ。

誰かが焚《た》き火をした跡だろうか。そう思いつつ車を降りる。

近づいていって初めて、それが地面に掘られた穴だと分かった。正円に近い丸い穴だ。直径はだいたい四メートル、いや、もしかしたら五メートルぐらいあるかもしれない。

嘘だろうと思ったが、何度瞬《まばた》きをしても、たしかに、おれの目に映ったものは、地面に向かって掘られた円筒形の内側だった。

穴の周囲だけは草が三十センチほどの丈に刈り取られていて、いくぶん歩きやすくなっている。

——何だよ、どうしてこんなところにこんなものがあるんだ……。

見たところ、自然に陥没したものではなさそうだ。すると古井戸か。だが井戸なら、ちゃんと周りを石で囲ったりするはずだ。一方これは、ただ無造作に地面が掘られているだけなのだ。

穴に近づくにつれて、草のにおいが消え、代わりに土のそれが強く漂ってきた。湿り気を鼻の粘膜に強く感じる。

あたりはそろそろ暗くなりはじめているが、気温はまだまだ高い。

こめかみに浮いた汗を手の甲で拭ってから、一歩ずつゆっくり近づいてみる。

あと三歩ほど足を進めれば穴に落ちる、というところでおれは止まった。

背伸びをして底の方を覗いてみた。深さは三メートル以上あるようだが、目測には自分の身長も加算されるから、実際はもう少し浅いかもしれない。

視界の端で何かが動く気配があった。

ぎょっとしておれは身を低くした。

暗がりの中に見えたものは布切れだった。人間の衣服に違いない。色はたぶん赤系統だ。

おれはもう一歩だけ穴の縁に近づくと思い切って上半身を乗り出し、底の方を覗いた。

地面に立ち、こちらを見上げているのは、思ったとおり四葉だった。

そして彼女から少し離れた場所には、灰色をした薄汚いボロ布の固まりが転がっている。いや、灰色の中には黒い斑が浮いているから、布ではなく例の野良犬か。

目を凝らしてみたところ、やはり犬に間違いない。

もう吠えてはいなかった。それどころか、地面に這いつくばるような姿勢をとったまま、一切身動きをしていない状態だ。目は閉じているらしい。穴底はひんやりとして涼しい場所だから、つい気持ちがよくなり眠ってしまったのだろうか。

「で、何があった」

娘に向かって最初にかけた声がそれだった。

「いきなり犬に追いかけられて、逃げていたら、ここに落ちちゃった。二人とも」

四葉の着ているTシャツの前面に土がこびりついているところを見ると、転げ落ちたというより、ずり落ちたといった方が正しいようだ。頬《ほお》にも肘《ひじ》にも黒いものをくっつけている。

おれは犬の方へ顎をしゃくった。

「そっちの様子はどうだ。危なくないのか」

四葉が頷《うなず》いた。

「大丈夫みたい。落ちたら急におとなしくなって、あとはずっといまみたいに寝そべってる」

するとと、落下の衝撃でどこかに怪我を負い、戦意を喪失しているのかもしれない。いずれにしろ、噂とは異なり、それほど恐ろしい相手ではなさそうだ。

「嚙まれたりはしなかったな」

「うん」

「そこから出てこられるか」

「無理」

当然だ。穴の深さからして、梯子《はしご》かロープでもなければ脱出は無理だろう。

手を貸してやろうにも、指先すら届きそうにない。届いたところで、下手《へた》に引っ張られたら、穴の周囲が崩れてこっちまで真っ逆さまになるのがオチだ。

それでも、おれはしゃがんだ。そして穴の下に向かって手を差し伸べた。

それにつかまろうと、四葉も腕を伸ばしてくる。

「違う。この手はな、『スマホを返せ』って意味だ」

3

四葉はきっとこちらを睨《にら》みつけ、手を引っ込めた。

彼女は下にスカートではなく、踝《くるぶし》のあたりが覗く丈のズボンを穿《は》いている。膝の部分がすりきれて破れた上に、血が滲《にじ》んでいた。落ちたとき、土の壁面から突き出ている石で切ってしまったのだろう。

見ると、四葉の足元からも尖《とが》った物体が覗いていた。彼女の膝にダメージを与えたものは、あるいはそっちの方かもしれない。ただ、自然の石にしては角がきちっと九十度になっているのがちょっと気になる。まるで人工物のようだ。

それにしても弱ったことになった。怪我をしたとなれば母親が騒ぐに決まっている。服が汚れたぐらいなら問題にしないだろうが、ズボンの膝に穴を開け、血が滲むほどの傷を負ったとなれば黙っているはずがない。

どこでそんな怪我を負ったのか問い質《ただ》すだろう。空き地の穴に落ちたのだと四葉は答える。そしてその場に居合わせたこのおれが、親としての監督責任を問われる羽目になるというわけだ。

「怪我しているね。どうしたんだ」

「ここで切ったの」

「ヨッパちゃん、その怪我のことを、おうちの人にどう説明する。言ってごらん」

「……黙ってるよ」

「きみが言わなくてもママが気づいちゃうだろ。そのときどうする。何か言い訳を考えようよ、二人で。ばれない言い訳をさ」

「……うん」

「こうしようか。友達と喧嘩をしたんだ。男の子だ。きみは気が強そうだから、男の子とちょっとした小競り合いになった、とでも言えばいい。どうだ？」

四葉は返事をしない。

「な、そうしろ。突き飛ばされて、学校の花壇に膝小僧をぶつけた。土の上で転んでしまったので服も黒く汚れたってわけだ」

五年生の女子なら、もうそれくらいの嘘をつきとおす能力は持っているだろう。

「どうだ？　こんなもんで。そう証言するなら、そこから出してやる」

「……分かった」

「よし、待ってろ」

たしかトラロープがバンに積んであったな。あれで引っ張りあげればいいだろう。

おれは車のところまでとって返し、荷台から黒と黄色が縞《しま》になったロープを取り出した。真新しいロープだ。スコップやメジャーはみな古びているのに、これだけは最近買ったばかりだから新品だった。

それにしてもナイロン製品というやつは嫌いだ。油を塗ったようにつるつるしているから、手に持った感覚が気持ち悪くていけない。

地面のどこかにロープを引っ掛けるところはないかと探したが、どこにもなかった。しょうがない。おれは車の前タイヤの回りにぐるりとロープを引っ掛け、もう一方の端を穴の中に放り込んだ。

垂らしたトラロープを波打たせると、波が下に伝わっていった。そうやって穴の底にいる四葉の注意を惹《ひ》いてから言う。

「手を滑らせて落ちるとまずい。念のため、最初にロープの端を腰に巻きつけるんだ。ちゃんと結べよ。そしてしっかり摑《つか》め」

声をかけつつ、寝そべるようにして穴に顔を近づけたとき、口の中に小さな羽虫のようなものが飛び込んできた。

咳《せき》をしたところ、雑草が顔の皮膚に当たって不快さが募った。花粉か何かのせいでアレルギー反応が起きてしまったか、鼻が詰まり始めている。

「いいよ。引っ張って」

軍手を持ってくればよかったな。そう軽く悔《く》やみつつ腕に力をこめた。

ぼろぼろと土の零《こぼ》れ落ちる音から、彼女も一生懸命に足で壁面をかいていることが分かる。

予想したより、娘の体はずっと重かった。明後日あたり、筋肉痛で苦しむことになるだろう。

それを覚悟で、おれは渾身《こんしん》の力を出した。

しかし、いたずらに手が滑るだけで、四葉の姿は一向に見えてこない。

全身から汗が噴き出してくる。

やがて腕が痺《しび》れ、指の感覚も鈍くなってきた。ただでさえ滑るナイロン製のロープだ。素手のままでは、もはやただ握っていることすら難しかった。

4

これでは無理だと判断し、おれは引き上げていた腕から力を抜いた。

途中まで上がっていた四葉の体が、また穴の底の方へと下がり始める。その様子はこの位置からは見えないが、四葉がどんな顔をしているかは想像がついた。

「悪いな」

普段は邪険に扱っている相手だが、さすがに申し訳なく思えて、ついそんな言葉が口をついて出てしまった。

ところが、四葉の方からは何の返事もない。

どうしたのかと思い、穴の縁までにじりより、下を覗いてみる。

娘は土の壁面に両手をつき、肩で息をしていた。

「大丈夫か。言っておくけどな、こっちはあらんかぎりのパワーを出したぞ。そっちがもっと必死に登る努力をしないから悪いんだ」

そんな具合に声をかけたが、答えが返ってこない。

「どうしたんだよ」

強い口調で問い掛けると、

「何でもない」

やっと弱々しい調子で返事があった。だが、四葉の顔は言葉とは裏腹に蒼《あお》ざめている。硬くなった表情は「何だか気持ち悪い」と訴えていた。

どうしたらいい……。

消防に連絡して救助を頼むか。それがいちばん正しい選択であろうことは、おぼろげながら分かってはいた。しかし、さっきも考えたように、ことを荒立てると、こっちが親としての監督責任を問われることになってしまう。できることなら穏便《おんびん》に済ませたい。いや、できることなら、ではない。絶対にだ。

「一休みしたら、もう一度トライするぞ」

「無理だって。そんな力ないよ。遠藤《えんどう》さん、降りてきて」

「『遠藤さん』じゃない。『お父さん』だろ」

「どっちでもいいから、こっちに来てよ」

「おれが降りてどうする」

「肩車して、まずわたしを上にあげて。遠藤さんの背丈だったら届くよ、きっと」

「いや、それこそ無理だろが」

「わたしが遠藤さんの肩の上に立つと大丈夫だよ」

「そんな面倒なことをするより、車を使えばいいだろ。その方がずっと早い」

とは言ったものの、おれはすぐには動かなかった。

たしかに、エンジンの力で引っ張り上げれば済む話だと思う。しかし、おれはいままでそんな作業は一度もやったことがなかった。便利屋の看板を掲げているくせに、自分の車に牽引用のフックがついているのかどうか、ついていればどの部分にあるのかすら知らないのだ。

「車なんて危ないよ。怖いから、こっちに来て。そうじゃないとスマホを返さないからね」

四葉の言うとおりにした方がいいかもしれない。

こっちの身長は百八十センチある。肩までなら百五十センチくらいだろう。

四葉の身長は百四十センチほどか。両手をのばせば百七十センチくらいになるはずだ。

合計すれば三メートルちょっと。穴の縁までは足りないかもしれないが、すぐそこであることは確かだ。それぐらい距離が短ければ、あとはもう、トラロープを使ってこの穴から這い出ることは難しくない。

「待っていろ」

おれはトラロープをひっぱり、自分の体重を支えられるかどうかを確かめた。

5

底に降りてみると、かなり空気が淀《よど》んでいた。湿った薄い雑巾《ぞうきん》が頬に触れているような錯覚を感じてしまう。なるほど、長い時間こんなところにいたら、気分が悪くならないほうがおかしい。

四葉のほつれた前髪が、ぺたりと額に張りついている。胃の中のものを吐こうとしたのだろうか、彼女の口元では唾液が糸を引いていた。

おれは地面に視線を移した。

足元から木の根っこのようなものが出ている。少しだけ腰を屈《かが》め、それを手前に引っ張ってみた。

表面に人工的な凹凸がついているし、触った瞬間やけに冷たかったため、それが何であるのかすぐに分かった。

ぐらぐらとゆらしながらさらに引っ張り上げたところ、周囲の土が一緒に盛り上がり、ボコッと抜けて全体の姿が露わになった。

思ったとおり、鉄筋だ。

続いて、先ほどもちょっと気になった、やけに尖った角を覗かせている石のような物体を足で蹴ってみる。

これもまた人工物――コンクリートの塊《かたまり》だった。

さらに足で各所を掘ると、ゴムホースのようなもの、オイル缶のようなものなどが出てきた。

「なんてこった……」

どれも産業廃棄物だ。どうやらこの穴は、誰かが持て余したゴミを不法投棄する目的で掘ったものらしい。

空を仰いだ。星がはっきりと見え始めている。西の方角にある残光も、あと数分で完全に消え去るだろう。

「どれ、さっさとこんなゴミ捨て場からは脱出しようや」

おれは壁面に手をつき、四葉に背中を見せた。よじ登れ、と首の動きで促す。

おれの上着を摑んだ四葉の指。その感覚が、こんなときだが、いや、こんなときだからこそ、妙に愛《いと》おしく思えた。

「ヨッパ、ロープを摑んだな」

こっちの肩に四葉の両足が載ったのを確かめてから訊いた。

「うん」

「どうだ、登れそうか」

「……思ったより難しいかも」

「だったら、こうしよう」

おれは四葉の足首を摑んだ。彼女がぴくりと身を震わせたのは、踝の部分で直接肌に触れてしまったからか。

「失礼」

声をかけてから、歯を食いしばり、足首を腕の力で上に持ち上げる。こうすれば四葉の手が穴の縁に届くはずだ。

「これなら大丈夫そう」

「そう、か。なら、早く、いけ」

すぐに息が荒くなった。壁に顔を密着させるような体勢を取っているから、鼻と口からどんどん細かい土が喉に入ってくる。

四葉がロープを摑んだのを感覚で察し、踝を持っていた手をいったん放して、今度はそれを彼女の靴の底につけて踏み台にしてやる。

すると一気に両腕から四葉の体重が逃げていった。

見上げると、娘は無事に穴の外に出たところだった。

体の向きを変え、土壁に背をもたせかけ、一息ついてから、おれも滑らないようにロープを手に巻き付け始める。

「遠藤さん、あっちはどうしよう」

穴の縁に立つ四葉が、おれの背後にある一点を指さした。

振り返ってみると、灰色の野良犬は、いまだにグテッとした様子で地面に這いつくばったままでいた。欠伸《あくび》一つしてみせる気配がない。

「よく寝るやつだな」

あとで役所に知らせてやれば引き上げてもらえるだろう。ついでに保健所送りだ。

上に向かってそう答えたとき、四葉は、はっと目を見開いた。何かに気づいた様子だ。

「……どうした？」

訊《たず》ねても返事がない。四葉は犬に目を据えたまま、放心した顔になっている。

「おい、ヨッパ。今度はこっちが登る番だ。ロープがタイヤから外れたりしないか、ちゃんと見ていてくれよな」

このとき、ようやく四葉の口が動いた。「……お父さん」

「何だよ。急に呼び方を変えて」

「返してほしいんでしょ、スマホ」

「ああ。いまそっちに行く。ポケットから出して待ってろ」

「ポケットには入ってない」

「じゃあどこにある？」

「そこに隠しておいた」

「そこ？　そこってどこだ」

四葉が再び、さっきと同じ一点を指さした。

「まさか、あの野良に食べさせた、なんて言い出すんじゃないだろうな」

「そこまではしてないよ」四葉は左手で右の肘を掻《か》く仕草をした。「ただ、体の下に押し込んどいただけ」

「何だと」

騙《だま》すつもりだな、とすぐに分かった。左手で右肘を掻くのは、彼女が嘘をつくときに見せる仕草《しぐさ》なのだ。

「いい加減なことを言うと、あとでお仕置きだからな」

ごくっと一つ唾の固まりを飲み込んだらしい。肩をわずかに上下させながら、四葉は頷いた。

自分から言い出しておいて、怯《おび》えてやがる。

なぜそんな出鱈目《でたらめ》を言い始めたのか分からないが、まあいいだろう。敢えて騙されたふりをしてやろうじゃないか。その方が、あとでこっちも怒り甲斐があるというものだ。

おれは犬を観察した。まだ寝ている。

いや、いま気づいたが、腹が上下していない。

……ってことは、死んでいるのか?

おれは野良犬のそばにしゃがんだ。

よく見ると、犬は薄く目を開いていた。そのくせ身動きをしないのだから、生きていないことはあきらかだった。

「おまえの仕業《しわざ》か」

「まさか」

「だよな」

小学生の女子が犬を殺すなど、まずありえない。ましてや、武器も何も持っていない状態ではなおさら無理な話だ。

気味が悪かったが、おれはもっと姿勢を低くし、犬の体と地面との間に手を差し入れてみた。

万が一、本当にスマホがあるとも限らない。そうだとしたらすぐに回収しておかなければ。

指先で慎重に探ってみたが、やはり何もなかった。

おれはしゃがんだまま四葉の方へ顔を向け、にっこりと笑いながら言った。

「家に帰ったら面白いことになりそうだな」

そして立ち上がった。

いや、正確に言えば立ち上がろうとした。

できなかった。体が動かないのだ。足に力が入らない。

軽い吐き気が込み上げてきた。

急激に目が回り始めている。

地面に手と膝をついた状態で、おれはまた四葉を見上げた。そのときには遅ればせながら、何が起きたのかをおれは悟っていた。

「こいつ、大人をからかいやがって」

そう毒づいてやるつもりだったが、声も出なかった。

もっと慎重になって考えてみるべきだったのだ。凶暴と評判の野良犬が、いきなり眠り込むなど、どう考えてもおかしい話だ。

突然動かなくなったら、それは急死に決まっている。

鋭く大きな牙を持っているこいつは、別の牙にかかって死んだのだ。

無色無臭の見えない牙に——。

ようやく気づいたところで後の祭りだが、どうやらここの地下には一酸化炭素があって、それが少しずつ地表に漏れ出していたらしい。いまはちょうどそのガスが、犬は吸ってしまうが人間の鼻と口にはかからない高さにまで上がって来たところのようだった。

それを四葉の方が一足先に察知し、スマホを餌にして、おれを〝しゃがませた〟ということだ。

まあ、これまでの仲はお世辞にも順調とは言えなかったが、何にしても最後に「お父さん」と呼んでくれた娘が無事で一安心だ。

薄れていく意識の中で、最後にそんなふうに思ったのだから、もしかしたらこんなおれでも、親としての自覚を少しぐらいは持ち合わせていたのかもしれない。

再生の日

1

二十冊ほどの医学書を束ね終えると、おれはそれを靴脱ぎ場に置いた。

書籍類の廃品回収は明日だ。ここに置いておけば、出し忘れることはないだろう。

そのときになって気づいたことがあった。あちこちから付箋《ふせん》のはみ出た医学書に挟まるかたちで、『発火性・爆発性薬品の取り扱い』、『現代のテロ活動』、『図解兵器工作事典』といったタイトルの本も混じっている。

考えてみたら、この三冊は所有していたことが誰かにバレると、ちょっとまずい。

何も焦って廃棄する必要はないのだ。三冊を束から抜き取り、本棚に戻したあと、ドアに鍵を掛け、おれは学生マンションを出た。

手に持ったアタッシェケース型の鞄《かばん》は軽い。

実際はそうなのだが、心理的には反対で、かなりの重量を感じている。

この鞄を持って、午後三時までにアジトへ行かなければならない。いまは午後一時を過ぎたばかりだ。ここからアジトまでは歩いて二十分ほどしか要しない。まだ時間に余裕がある。

おれは首を曲げ、自分の肩口に鼻を寄せてみた。

服がいくらか汗臭いようだ。着替えるのは面倒だから、せめて肌ぐらいは清潔にしていくか。

書店で時間をつぶそうと考えていたが、予定を変更し、普段から通っているフィットネスクラブ「トップワン」へ向かうことにした。

おれが住んでいる学生マンションのすぐ近くに、一棟の雑居ビルが建っている。トップワンは、その一階部分にテナントとして入っていた。おれの部屋は三階にある。南に向いた窓から、この建物の入口をよく見通すことができた。

トップワンのフロントで、おれは受付のスタッフにこう告《つ》げた。

「今日かぎりで退会したいんですが」

新人だろうか、相手はあまり顔馴染《なじ》みではないスタッフだから、それほど残念がる様子も見せずに、退会申し込みの用紙をカウンターに出してきた。

『退会理由をお聞かせ願えますか』

用紙にはそんな質問事項があった。

――会費を払えなくなったから。

いまの質問に回答するとなれば、そういうことになるのだが、正直に記入するには気が引ける。

幸い『差し支えない範囲でけっこうです』との断りが付記されていたので、この欄は白紙のままにしてスタッフに用紙を返した。

「では、今日のご利用が終わりましたら、会員カードを返却してください」

「分かりました」

受付で「9」の番号札を渡された。割り当てられたロッカーの番号だ。この札はリストバンド型で、施設の利用中はずっと手首に巻いて携帯することが義務づけられている。

煩《わずら》わしいが、ときどき自分が使っているロッカーの番号を忘れる人がいるらしいから、施設側にしてみれば、あらかじめ面倒を回避するために必要な措置なのだろう。

番号札を右の手首に巻きつけながら、ロッカールームに向かった。

【男子ロッカールーム内で、持ち物の紛失が相次いでいます。貴重品の管理には十分ご注意ください　トップワン支配人】

そんな注意書きが入口ドアに張ってあった。

「持ち物の紛失が相次いでいる」とは、つまり「盗難事件が頻発している」ということなのだろうが、はっきりそう書けないのが客商売のつらいところだ。セキュリティ面がザルだと自ら宣言したのでは、利用者も減る一方だろうからしかたがない。

ロッカールームの入口には下足箱が設置してあった。そこでおれは靴を脱いだ。

ルーム内は絨毯《じゅうたん》敷《じき》であるため、外履きはもちろん、エクササイズに使うシューズでも入り込むことはできない。ここから先は靴下か素足でなければならないのだ。

9番ロッカーの前に立ち、扉を開け、持参した鞄を内部にそっと置いた。

上質の革製で、見ようによっては大金が詰まっていてもおかしくはないこの鞄は、三十センチ四方ぐらいしかない小ぶりのサイズだから、狭いロッカーにも楽に入る。

脱衣を終え、眼鏡もはずすと、強度の近視であるおれの視界はいきなりぼやけた。

ロッカーの扉を静かに閉める。扉には電子錠がついていた。三桁の数字を自分で設定するタイプの錠前だ。

「315」と設定した。おれの誕生日、三月十五日から取った数字だ。ここでは、いつもこの番号を使っている。

銭湯ではなくフィットネスクラブだから、ランニングマシンや筋トレの用具も使えるのだが、今日利用したいのは風呂だけだった。

浴室前に用意されているタオルを手に、薄い湯煙のなかへと足を踏み入れる。

土曜日だから、けっこう人がいた。

簡単にシャワーを浴びてからサウナルームに入る。そこは八割程度の混み具合だった。

おれが座ると、ほぼ同時に、すぐ右隣に腰をかけた男がいた。近視で相手の顔がよく見えなくても、体型や雰囲気から、たまに顔を合わせる人なら見分けがつく。

隣に座ったこの四十男は、たしか「平沼《ひらぬま》」という名前だったはずだ。受付でたまたま一緒になったとき、スタッフが彼に向かってそう声をかけていたのを聞いたことがある。

仕事は何をしているのか分からないが、家が近所らしく、ここへは自転車で通ってきているはずだ。

まあ、挨拶をするほどの仲ではないので、隣に座られても、おれは黙っていた。ただ、少しだけ尻を左にずらしてやるぐらいの気は利かせてやる。

一方の壁には、そこに埋め込まれるような形でテレビが設置されていた。

サウナルームには、いつも十五分間だけいるようにしている。その間何をするかといえば、目を閉じて瞑想《めいそう》にふけるか、このテレビに目を向けるかのどっちかだ。

いまチャンネルは、何かのバラエティ番組に合わせてあった。

《最初に、あなたの誕生日を思い浮かべてください。そうしたら、次のとおり順番に簡単な計

算をしてもらいます》
画面のなかでは、番組ＭＣの言葉に従い、タレントたちが「誕生日当てゲーム」なるものをやっているようだった。
《まず、誕生日の「月」にあたる数字を二倍してください。次に、その計算結果に五を足してください》
おれは数字の11を手の平に書いた。近視のせいで何が映っているのかよく把握できないが、音声だけを頼りに、おれもそのゲームに参加してみることにしたのだ。
《それから、その計算結果を五十倍してください。続いて……》
その後も、番組のＭＣは何段階かの計算をするようタレントたちに求めた。おれもそのとおり暗算し、そのたびに導き出した数字を手の平に指で書いていった。
紙に鉛筆でメモするのと違い、そんなことをしても書いた数字が残るわけでも見えるわけでもないから、あまり意味はないのだが、少しでも忘れないようにとの気持ちからだ。
《最後に、その数から二百五十を引いてください》
おれが手の平に書いた数字は「３１５」だった。なるほど当たっている。
ここで隣にいた平沼という男が立ち上がり、サウナルームから出ていったため、少しだけだが窮屈さが解消された。

それにしてもあんな計算で誕生日が導き出せるというのは、いったいどういう理屈だろうか？

考えようとしたが、室温が九十度を超えている場所ではそんなに頭が働くはずがない。

壁の一分時計の針が入室から数えて十五回めぐるのを待ってから、おれはサウナルームをあとにした。

ロッカールームの前に立ち、電子錠のボタンを3、1、5と押す。

目を疑ったのは、そうして扉を開けたときだ。

ロッカー内にあるのは、おれが脱いだ服だけで、あの大事な鞄はきれいに消え去っていた。

2

おれは思わずロッカー内の空間に両手をさまよわせていた。そんな真似をしたところで鞄が出てくるはずもないのだが、手が勝手に動いてしまったのだ。

――盗まれた。

そう認識したが、次にどう行動していいのか分からない。

更衣の場という性格上、このロッカールームには監視カメラが設置されていない。こうなると、スタッフに伝えただけでは不十分だ。警察にも連絡してもらわなければ。とにかく、なくなったで済む鞄ではないのだ。捜査をしてもらい、可能なかぎり早く犯人から取り戻さなければならない。だが――。

できれば警察には届けたくはない。

どうしても盗んだ人間をつきとめる必要があるが、表沙汰になっても困るのだ。

とりあえず、フロントにいる受付スタッフに、人の出入りについて訊《き》いてみるか。いま出ていったばかりの利用者はいなかったか、と。

もし逃げるように立ち去った者がいれば、そいつを追いかけるのだ。

いや、それはあまり利口な行為とはいえない。犯人は盗んだ鞄を自分のロッカー内に隠し、まだこのクラブ内にとどまっているかもしれないのだから。

ならば自分で犯人を見つける努力をしてみるか。だがエクササイズもせず動き回っていたら、スタッフに訝《いぶか》られるのがオチだ。

下手に不審を招くぐらいなら、いっそ警察を呼んで捜査してもらった方がいいかもしれない。

しかたなく、おれはフロントに事情を話し、管轄の高宮《たかみや》署に連絡してもらった。下手をすると、「まず盗難届を出してください」などと言われて終わりかもしれない。そこで、盗まれたのは貴重品だからすぐ来てほしい、と念を押してもらうことも忘れなかった。

受話器を置いたスタッフの話では、間もなく捜査員が到着するとのことだった。

待っているあいだ、入浴を終えた男たちが次々にロッカー室から出ていく。なかにはおれの鞄が入りそうな大きなバッグやリュックを身につけている者が何人かいた。

彼らの特徴をメモ帳に書きつけておく。

盗犯係の刑事が来たのは、スタッフに通報してから三十分近くも経《た》ったころだった。この所要時間は短いのか長いのか、いままで警察など呼んだことのないおれには判断がつかない。

アジトで待つ仲間には、トラブルが起きて行けなくなった旨の連絡をしておいた。

高宮署からやってきたのは、私服の中年女性が一人、紺色の作業着を着た若い男性が一人だった。女性の方が刑事で、作業着の男性が鑑識の仕事をする人のようだ。

しかし現場が男性のロッカールームだというのに、よりによって女の刑事とは……。

ほかに手の空いている課員がいなかったのか。それともここのスタッフが現場の詳細を伝え損ねたせいか。

「あなたのお名前は?」

押川《おしかわ》と名乗った女性刑事は落ち着き払った声でそう質問してきた。

ここが裸の男たちがうろうろしている場所であることなど一向に気に留めるふうでもない。それぐらい豪胆な神経でなければ、刑事など務まらないのだろう。

もっともこの押川という刑事、神経のみならず体格も男性なみにゴツいから、こっちの方がつい気圧《けお》されそうになってしまう。

「反田宗彦《そりだむねひこ》です」

そのころには、ロッカー室にいた男たちが、何ごとかとわらわら周囲に群がってきていた。

「何でもありません。みなさん、邪魔になりますから下がってください」

押川は両手を挙げ、野次馬を追い払ってから、9番のロッカーに目を向けた。

「ここから盗まれたんですね」

「はい。ロッカーの施錠はちゃんとしました。間違いなく」

「そうですか。誰かに恨まれている覚えはあります?」

おれは首を横に振った。むしろ恨んでいるのはおれの方だ。世間全体を。

「盗まれたのは鞄と聞いていますが、間違いないですか」

「はい」

「材質と大きさは?」

「革製で三十センチ四方ぐらいですね」

「中身は何です? 貴重品とは伺っていますが、具体的には?」

おれが言葉に詰まったとき、鑑識の男性が道具箱を開けた。そこから刷毛《はけ》のようなものを取り出す。指紋の採取をはじめるようだ。

「反田さん、何が入っていたんですか」

おれの態度を訝《いぶか》ったらしく、押川の声がやや尖《とが》る。

「それは……言いたくありません」

「どうして」

「どうしてもこうしても……業務上の秘密ですから」

自分の口からそんな言葉が出るとは、当のおれも予想していなかった。

「業務上？　反田さん、あなたのご職業は何ですか」

「大学生です」

「学生さんなのね。何学部？」

「医学部ですけど、一応」

「そう。でも学生さんなのに『業務上』というのは、ちょっと変じゃありませんか」

「でも、大学の勉強で使っている鞄ではありませんし……」

だから苦し紛れに「業務上」などという言葉が出たのだった。

「するとアルバイトで使っているものですか」

バイトは何もしていない。稼ぎ口は、いま探している最中だった。相手は警察だ。嘘をついてもたちどころに見破られるだろう。

「違います。とにかく大事なものです」

そんなふうに答えるしかなかった。

「鞄に鍵はかかっていますか」

「はい」

答える声に力がこもる。

そう、せめてもの救いは、あの鞄が簡単に開けられるシロモノではないという点だ。そして無理に開けようとすれば、とんでもないことになる。恐れているのはそこだった。

「まあ、誰にも秘密はありますから、いいでしょう」

押川が案外すんなり引き下がったため、おれは静かにほっと息を吐き出した。

そのとき鑑識係の男が、

「とりあえず、ここまで出ました」

そう言って、黒い用紙を掲げてみせた。

その紙にはセロハンテープのようなものが何枚か張りつけてある。

「ちょっと失礼」

押川がおれの手を取った。セロハンテープの内部には、一枚に一つずつ白い粉でできた渦巻き模様が封じ込められている。

それらとおれの指紋を、押川は手際よくこの場で照合していく。

「見ただけで分かるんですね」

「まあね。大雑把に言うと、日本人の場合、指紋は四つのタイプに分けられるんですよ。弓《きゅう》状紋《じょうもん》、渦状紋《かじょう》、蹄状紋《ていじょう》、そしてそれら三つ以外の変体紋《へんたい》の四つです」

自分は何紋だろうか。調べたことがなかった。

「見て分かると思うけど、いま採取した指紋のほとんどは蹄状紋。そして反田さんの指紋は……」

押川がおれの手を取った。

「どの指もやっぱり蹄状紋ね」

「じゃあ、これは」おれは黒い用紙に並んだセロハンテープに目を向けた。「ほとんどぼくの指紋てことですね」

「そうみたい。でもこの一つだけは反田さんのじゃないと思う」

押川は一つのテープを指さした。それだけは渦状紋のようだ。そしてほかのものに比べて五割ほど幅が広かった。

「これ、足の指紋ですよね、手じゃなくて」

素人目にもそうだと分かる。右足の親指の指紋だ。

足——すると床から採取したということか。刑事ドラマなどろくに観たことがないから、まさか絨毯から指紋が採取できるとは知らなかった。

「ええ。だけど足の指紋でも手のそれと同じで、万人不同で終生不変なんですよ。ですから人物の特定をすることができます」

学費が払えなくなったため、近いうちに大学はやめなければならないが、一応はまだ医学部生なのだ、それぐらいの知識なら、わざわざ教えられるまでもなく持ち合わせていた。

「ちょっと失礼。足を上げてもらえます」

おれはまだ靴下をはいていなかった。背中をロッカーにつけた状態で、右足を膝の高さまで上げる。

押川はおれの踝《くるぶし》をつかみ、その手に無遠慮に力を込め、ついでに眉間《みけん》に皺《しわ》を作って足の裏にじっと視線を注いだ。

「やっぱり違うようですね。ということは、この最近ついた渦状紋が、犯人の足の指紋である可能性があります。それに、犯人の範囲はだいぶ絞られていますよ。あなたが入浴している間、このクラブ内にいた人です」

「じゃあ、男女合わせて、せいぜい百五十人ぐらいでしょうか」

「ええ、しかもこのロッカールームは男性用です。女性が出入りすれば目立ってしょうがない。だから犯人は男性だと断言できます」

「すると百人弱ですかね」

しかも利用者の出入りはフロントで管理しているから、氏名は全員把握できているはずだ。

「全員の足の指紋を調べることは可能です。ただし、時間はかかるでしょう」

「それは困ります」

おれは思わず口にしていた。すぐに見つけてもらわなければ、大変なことになってしまうのだ。

押川はロッカーの扉に目を向けた。「本当にこの電子錠でロックしたんですね」

「しました」

「誰かに番号を教えてませんね」

はい。そう答えようとして、おれは絶句した。

どうしていままで気づかなかったのだろう。ある人物に暗証番号を教えてしまっていたことに。

3

《この小さな生き物は、淡水の川ならどこにでも見つかる。その長さは約二十ミリメートルで、まったく平らであり、ミミズと違って識別できる頭と尾部を持っている。頭部は三角形で明らかに二つの目がついている》

テレビでは、生物の番組をやっていた。画面でゆっくり動いているのはツチノコのような形をした細長い生き物――プラナリアだ。

《驚くべきはその再生能力だ。なんとプラナリアは、条件さえ整っていれば、どこをどう切断されても、失った体を再び取り戻すことができる。半分に切られようが、バラバラにされようが、それぞれのパーツが元のとおりの姿になり、別々の個体として生存していくことが可能なのだ》

外科医を目指して医学部で勉強に励んでいたころ、生物学の実験でこの生き物を切断したことがある。

本当に切ったところから頭や胴体が生えてくるので、かなり驚いたものだ。

《この能力は、体の一部を縦に裂かれたときにも発揮される。体の前のほうを縦に切ると、二分割された頭がそれぞれ再生され、二つの頭を持つプラナリアができる。同じように、体の後ろの方を縦に切ると、二つの尾を持つプラナリアとなるのだ》

人間もこんなふうに再生できればいいのだが、そうはいかない……。

おれはテレビを消し、窓から雑居ビルを眺めた。

一階のトップワン。あそこで鞄を盗まれてから、二か月が経とうとしていた。

あれ以来毎日、こうして午後一時になると、部屋の窓からクラブの入口を観察している。言ってみれば張り込みだ。

暇だからできることだった。いまは大学を辞めてアルバイトで生計を立てている身だ。

あいつの行動はだいたい分かっている。

窃盗を働いたのだから、しばらくトップワンには来ないかもしれない。だが、人間は生活パターンをそうは変えられない。

ただの勘だが、そろそろ来るという確信があった。

担当の刑事、押川からは、あれから三度ばかり連絡があったが、いずれも「捜査中です」とのことで、具体的な成果は何一つ聞かされていない。

電話のたびに、彼女の声も力を失っていくのがよく分かった。この調子なら、犯人も鞄も見つからないまま、捜査は自然消滅的に打ち切られてしまうのかもしれない……。

おれは瞬《まばた》きを重ねた。

ビルの方へ自転車でやってくる男の姿を見つけたからだ。

平沼に違いない。

ついに来た。この二か月、待ち続けて、ついに現れた。

おれも外に出ようと、玄関に向かった。靴を履こうとして、何かに躓《つまず》く。紐で束ねた医学書の山だった。前に捨てようとしたのだが、なかなかそれができず、二か月ものあいだ靴脱ぎ場の片隅に放っておいたままになっていた。

次の回収日には廃棄しよう。そう決意し、部屋から出してドアの外に置いた。

走ってトップワンへ向かう。

スマホが鳴ったのは、学生マンションの建物から出ようとしたときだった。

《押川ですが、ちょっとお話ししたいことがありまして》

「捜査に進展があったんですか」

《まあ、進展といえばそうですね》

含みのある言い方がちょっと気になった。

《お会いできませんか》

「この電話じゃ駄目なんですか」

《ええ。ぜひ直接会ってお話しさせてほしいんです》

「ちょうどこれからトップワンに行くところです。風呂に入って、三十分ぐらいで出てくると思います。じゃあ建物の外ででも、待っていてもらえませんか」

《わかりました》

通話を終え、小走りにトップワンへ向かった。

もう退会しているから、メンバー外の資格で入るしかない。ビジター料金は一回千円とかなり割高になってしまう。金欠状態のおれには痛い出費だったが、それでも払った。

ロッカールームへ小走りに駆け込む。

【男子ロッカールーム内で、持ち物の紛失が相次いでいます】の張り紙を見ながら、おれは思った。頻発する盗難事件。その犯人こそ平沼なのだ。

二か月前のサウナルームを思い出す。おれは手に誕生日を書いた。315と。あのとき、平沼は横で見ていたに違いない、おれの指の動きを。

腕につけたリストバンドから、おれのロッカー番号は9だと分かる。そこで一足先に浴室から出た平沼は、9番ロッカーの電子錠に、合っていれば儲けもの、くらいの気持ちで315と打ち込んでみた。するとうまい具合に扉が開いたため、これ幸いと鞄を持ち去ったわけだ。

今日は空いていた。平沼の姿を探し当てるのに手間はかからなかった。

物陰から様子をうかがう。

裸になった平沼が、風呂の方へ歩いていく姿を見つけた。その歩き方がおかしいことに気づく。どこかぎこちないのだ。右の足をかばうようにしているせいだと分かるまで、少し時間がかかった。

風呂へは、今日は眼鏡をしたまま入った。

レンズが曇り、すぐに水滴がついた。それでも裸眼よりはましだ。

平沼に対して、背中合わせになる位置の洗い場に、おれは陣取った。

鏡を介して背後の相手を見やる。

こちらに背中を向けた状態で体を洗っている平沼。彼の四肢にじっと視線を注ぎ、両手両足の指がちゃんと十本ずつそろっていることを確かめる。

背中を見たかぎりだが、体に傷を負ってもいないようだ。

ほっとした。だが、これですべてが済んだわけではない。持ち去った鞄を平沼がどうしたか、その点を確認しなければならない。

相手より先に外に出た。

駐輪場に先回りし、平沼を待つ。

待つほどもなく、彼の姿が近づいてきた。相変わらず右足をかばうような歩き方だ。

おれの姿を認めると、平沼ははっとした顔になり、急に歩速を上げて近寄ってきた。表情に怒気が漲《みなぎ》っている。そう気づいた瞬間、もう殴りかかられていた。

顔面に向かってきた平沼の拳をうまくよけた。そのつもりだったが、実際には肩口にヒットしていて、おれの上半身は大きくよろけた。

そこを左足で蹴られ、おれは駐輪場の地面に尻をついた。

平沼は怒りに目を剝《む》いてなおも向かってくる。

おれは混乱した。どういうことだ。怒ってしかるべきはこっちの方なのだが。

と、そのとき、おれと平沼の間に割って入った姿があった。

押川だ。もう一人、これは彼女の同僚だろうか、初めて見る中年の男も一緒だった。

押川の方が平沼を取り押さえた。大柄な彼女は、小柄な平沼よりも背が高かった。

「平沼さん。あなたに窃盗の疑いで逮捕状が出ていますので、これから高宮署まで来てもらいます」

押川が平沼にそう告げる一方で、中年の男はおれの方へ手を差し伸べてくる。その手をつかんで、おれは立ち上がった。

ズボンについた埃《ほこり》を払おうとしたが、できなかった。男の方もまた、おれの手を握っていて、しかも放そうとしなかったからだ。

「ありがとうございます」

立ち上がりましたから、もう助けは必要ありません。その意味が伝わるような口調で言った礼だが、それでも彼はおれの手首を放さずにいる。

「反田さん」男の口から野太い声が出た。「わたしは高宮署の伊藤《いとう》と言います。これから、ちょっと一緒に来てもらえませんか」

「どこへです？」

「署の取調室へ」

「それは、鞄を盗まれた被害者としてもう一度事情聴取を受けてほしい、という意味ですね」

「違いますよ。反田さん、あなたを被疑者として取り調べるためです」

4

警察署の取調室は、ステンレスの机と、座面がやけに硬いパイプ椅子が置いてあるだけの、味も素っ気もない部屋だった。

机の向かい側に座ったのは、先ほどおれの手首をつかんだまま伊藤と名乗った男だ。ほかに誰もいない。狭い部屋に二人きりだ。

伊藤からもらった名刺には「組織犯罪対策係」と書いてあった。盗犯係の押川とは違う部署ということだ。

「あの平沼という男は」伊藤が口を開いた。「窃盗の常習犯だったよ。トップワンの男子ロッカールームではよく持ち物の紛失騒ぎがあったようだが、全部彼の仕業《しわざ》だったようだね」

そう言いながら、伊藤は封筒を一つ机の上に置いた。

「反田くん、きみが察したとおり、きみの鞄も、もちろん平沼が盗んだ。革製で高そうだったから、きっと金目のものが入っていると思ったんだろうな」

伊藤は封筒に手をいれた。そこから取り出したのはキャビネ判の写真だった。写っているのは足の指紋だ。

「この指紋には見覚えがあるね」

「ええ」

あのときロッカールームで採取したものだとすぐに見当がついた。

「そしてこれは、ついいましがた採取したものだ」

そう言いながら、伊藤はもう一枚の写真を置いた。

「平沼の右手の親指だね。――この二つを見比べてみて、何か気づかないかな」

伊藤に問われるまでもなかった。

二枚目の方の指紋は縦半分しかないのだ。渦状紋なのだが、片側だけだから、隆線は半円が幾重にも重なったような模様を描いている。

「さて、今度はきみの取り調べだ。実家で営んでいた文具店が不況のあおりを受けて倒産した。きみは医学部の高い学費が払えなくなり、大学を退学せざるをえなくなった。そうだね」

「……はい」

「外科医を目指していたきみは、精神的に挫折し、世間を恨むようになった。そして医学の道を捨て、代わりに過激派の学生組織に身を投じてしまった」

「……そのとおりです」

「組織に入ったのは自分の意思でかね？」

「いいえ。そういう活動をしている高校の同級生がいて、そいつに誘われました」

「組織内では、薬品に関する知識を活かして爆弾作りを担当することになった。人を救うことに絶望し、その反動でか、傷つける方を選んだわけだ」

「……はい」

もうすっかり調べはついているようだ。こうなったら観念するしかない。

「あの鞄の中身は？」

「ありません。空でした」

「するとやはり、鞄自体が爆弾だったんだね」

「はい」

「無理にこじ開けようとすると爆発する仕掛けになっていたわけだ」

「ええ」

「威力はどれぐらいかな」

「試作品ですから、弱めです」

そうは言っても、指の一本や二本は軽く吹き飛んでしまうぐらいの破壊力はあった。「弱め」というのは「人命を奪うほどではない」という意味だ。

「二か月前のあの日、きみは鞄型の爆弾を完成させ、組織のアジトへ運ぶ途中だったが、うっかりトップワンに立ち寄ったために盗まれてしまった。そうだね」

「はい」

「警察に通報すれば、きみも逮捕される恐れがあった。だが、結局知らせた。それはなぜかな」

この質問には答えなかった。

「過激派に与《くみ》するようになったとはいえ、それでもきみに医学生としての心があったからではないのかな。鞄を盗んだ犯人が負傷することが心配だったからでは？」

この言葉にはどう応じていいか分からず、ただ俯《うつむ》くしかなかった。

「いいだろう。今度はこれを見てほしい」

伊藤は三枚目の写真を机の上に並べた。人間の手が映っている。右の手だ。整形外科の専門書に載っているような、薄暗い感じの不気味な写真だった。

その手には、親指がなかった。根本から切断されている。断面はきれいな直線ではなく、皮膚がぎざぎざにささくれ立っていた。刃物ではなく爆弾で吹き飛んだものだとよく分かる。

「これは……」嫌な予感を抱えながら、おれは訊いた。「誰の手ですか」

「平沼のだよ。きみから盗んだ鞄を」

「そんなはずはありませんっ」

伊藤の言葉を遮り、

「何かの間違いです」

風呂場で確認したのだ。平沼の手は十指あった。足も同じだ。ちゃんと数はそろっていた。

「ぼくは誰にも怪我をさせていないっ」

「いや、残念ながらさせたんだ。きみの鞄は、平沼の親指を吹っ飛ばした。だから平沼は逆恨みをして、さっききみを殴ろうとしたんだよ」

「でも、風呂で見たとき、彼の指はそろっていました。だったら、あれは一度切断された指をまたつなぐ手術をしたということですか」

「それも違う。飛んだ指はぐちゃぐちゃの状態になってしまったらしく、再利用することはできなかったと、治療にあたった医者から聞いてるからね」

そう、そのはずだ。爆発の実験は何度もやったのだから、よく分かる。あの鞄は、留め金の部分に親指をかけていじれば、その指が原形をとどめないほどに破壊されるよう設計した爆弾なのだ。

「じゃあ、どうして十指がそろっていたんですか」

「その点は自分で調べてみたらどうだ」

言って伊藤は、また机の上に紙を置いた。

今度は印画紙ではなかった。普通の紙だ。表題部には「逮捕状」とあった。

5

取り調べを終えたあとに、すでに準備されていた逮捕状が執行され、おれはそのまま留置場へ送られた。

罪状は「爆発物取締罰則違反」、つまり爆弾を製造した咎《とが》だ。

取調室とは異なり、留置管理課のある三階はひんやりとしていた。下のフロアよりもなぜか冷房の効き方がいいようだ。

スリッパを脱ぎ、房に入ると、係の警察官が扉に施錠をした。

房内には先客がいた。

平沼だった。

――自分で調べてみたらどうだ。

先ほど伊藤がいった意味が分かった。

数時間前の駐輪場では怒気を湛《たた》えていたが、いまは落ち着いたらしく、おれの姿を認めると、平沼は項垂《うなだ》れるようにして頭を下げた。

「……さっきは、悪かった」

おれは平沼の隣に腰を下ろすことで、こっちにも敵意がないことを伝えた。

「爆弾をつかまされたんで、ついかっとなっちまったが、実のところ、おれはあんたには感謝してる」

その言葉から察するに、この男は今回の一件に懲《こ》り、盗みから足を洗う決心をしたようだ。

「すみませんが」おれは平沼に言った。「手を見せてもらえますか。右手を」

平沼が右の手の平を、おれの方へ伸ばしてきた。

たしかに、付け根の皮膚に何針も縫った跡がある。そして何より特徴的だったのは、その見た目だった。

――これは……親指なのか。

この爪の形は何だ？　普通は「U」の形をしているはずだが、平沼のそれは丸みを帯びた部分が半分しかなく、まるで「J」の左側に直線をくっつけたような形状になっている。

手を裏返してもらうと、なるほど、先ほど印画紙で見たように、渦状紋の指紋も真ん中から半分だけという珍しい形をしていた。

言ってみれば平沼の右手は、まるで、大きな親指を真ん中から縦半分に切断して、くっつけたような形状をしているのだ。

――大きな指を……縦半分に……。

ふと思いついたことがあって、おれはもう一つの頼みごとを口にした。

「今度は、靴下を脱いでもらえませんか」

ようやく気づいたか。そんな表情をちらりと覗《のぞ》かせ、平沼はこちらの言うとおりにした。

「……凄《すご》い」

おれは思わず声を漏らしていた。

やはりだ。右の足。その親指が――普通よりも五割ほど細い。

要するに、平沼の指を再生させようとした外科医は、足の親指を縦半分に切り、それを手の親指として欠損した箇所に接合したのだ。

そうして人体の一部を見事に再生させた。まるでプラナリアのように――。

不勉強を恥じるしかなかった。外科医になろうとして、講義に出ては教科書と向き合い、実習もそれなりに積んできた。しかし、これほど独創的な手術が存在するとは、まったく知らなかった。

しばらく考え込んでから、おれは立ち上がった。

「すみません、担当さん」

房の鉄格子に顔を寄せて声をかけると、おれと同じ年齢ぐらいの看守が近づいてきた。

「何だ」

「伝言をお願いしたいんですが、どういう手続きをすればいいんですか」

「あんた、こういうところに来たのは初めてか」

「はい」

「じゃあ言ってみろ。ビギナー用のおまけだ。おれが何とかしてやる」

「ありがとうございます。では、ぼくが住んでいる学生マンションの大家さんに伝えてもらえますか」

「ああ。で、何と言えばいい?」

「『部屋の前に置いてある本はまだ捨てないでください』と」

＊初出　「読楽」

『巨鳥の影』（『巨鳥の声』を改題）（2018／7月号）
『死んでもいい人なんて』（2019／1月号）
『水無月の蟻』（2019／4月号）
『巻き添え』（2019／7月号）
『鏡面の魚』（2018／10月号）
『白いコウモリ』（2020／6月号）
『見えない牙』（2020／1月号）
『再生の日』（2020／9月号）

長岡弘樹　ながおかひろき

１９６９年山形県生まれ。筑波大学卒業後、団体職員を経て、２００３年「真夏の車輪」で第25回小説推理新人賞を受賞し、05年『陽だまりの偽り』で単行本デビュー。08年「傍聞き」で第61回日本推理作家協会賞（短編部門）を受賞。13年『教場』が週刊文春ミステリーベスト10第1位になる。他の著書に『波形の声』『救済 SAVE』『道具箱はささやく』『１１９』『緋色の残響』『つながりません　スクリプター事件File』『幕間のモノローグ』など多数。

巨鳥の影

二〇二一年七月三十一日　第一刷

著者　長岡弘樹
発行人　小宮英行
発行所　株式会社徳間書店
〒一四一-八二〇二　東京都品川区上大崎三―一―一
目黒セントラルスクエア
電話（〇三）五四〇三―四三四九（編集）
（〇四九）二九三―五五二一（販売）
振替　〇〇一四〇-〇-四四三九二
印刷・製本　大日本印刷株式会社

ISBN978-4-19-865316-3

長岡弘樹☆好評既刊

波形の声

トリックは人の心！　表題作の主人公・谷村梢は小学校四年生担任の補助教員だが、児童を襲ったという濡れ衣を着せられ……。悪意をとことん見据えた果ての謎と、心温まるどんでん返しの妙。切なさがビターに！魂が震える七篇の魅力。長岡ミステリーの真骨頂。

文庫判